GOBOOKS
& SITAK
GROUP©

三日月書版

III
Author
魔法少女兔英
Illust
四
亡靈女巫
逃亡指南
三日月書版
輕世代 FW379

亡靈女巫逃亡指南

Getaway Guide for Necromancer

Author 魔法少女兔英俊 ✦ Illust 四三

Contents

Getaway Guide for Necromancer

CHAPTER 1

【榮光】

「瑞奇・霍布森，你會為你現在的言辭後悔。」

漢娜收斂起漫不經心的神色，握緊手裡的木劍，臉色陰沉地盯著他。

或許是平時總是被人叫慣了「霍布森家的」這種蔑稱，忽然被人叫出全名，那名花孔雀一樣的年輕貴族嚇了一跳。他大概也意識到自己不該說這種話，但被漢娜訓斥的憤怒還是戰勝了他的理智，他梗著脖子嗆道：「幹什麼！我哪裡說錯了！」

漢娜沒有立刻回答，反而看向安妮，「不好意思，能幫忙把我的劍取出來嗎？」

對付上不了檯面的小混混用不了真刀真槍，但對付這種傢伙……當然得拿出真本事來以示尊敬了。

安妮點了點頭，轉身離開之前若有所思地看了瑞奇・霍布森一眼。

瑞奇・霍布森忽然脊背一寒，沒由來地生出一種可怕的危機感，他驚疑不定地看著那位看起來十分脆弱的女子，對自己的直覺產生了一點懷疑。

安妮推門進去，里維斯正有些侷促地站在房屋中間，安妮眼尖地發現房間內桌子缺了一角，聯想到剛剛門內響起的聲響，一臉瞭然地看向里維斯。

里維斯低下頭，欲蓋彌彰地把桌角往自己身後藏了藏。

安妮難得有機會對里維斯說教，立刻板起臉，語氣嚴肅地開口：「弄壞桌子要賠的！」

里維斯抿緊唇，低下頭露出做錯事的不安模樣，如果不是沒辦法臉紅，安妮想此時他一定已經羞紅了臉。

還沒等他開口，安妮自己就忍不住笑了起來，她拍著胸脯打包票道：「沒事啦，我幫你賠，海妖族給了我不少珍珠珊瑚呢！」

里維斯看著她拿上漢娜的劍出門，有些無奈地搖搖頭，總覺得跟安妮在一塊，想要生氣也不太容易。

安妮拎著劍走出門外，遞給漢娜，「久等了。」

漢娜接過劍，看向瑞奇．霍布森，「拿出你的劍來，你也是騎士吧？賭上騎士的榮耀，我向你發出騎士決鬥的挑戰！」

安妮張了張嘴，想問問騎士決鬥是怎麼回事，但現場氣氛嚴肅，她又不好意思破壞，決定還是按捺好奇心，等等再去問里維斯。

她悄悄瞥了一眼漢娜，再打量一眼明顯有些慌張的花孔雀，再次確信漢娜確實是一名聰明的女子。這個外強中乾的花孔雀帶了不少人手，她一個人如果和他們正面衝突恐怕討不了好，但如果是單挑的話……

安妮確信這位貴族不是她的對手。

瑞奇・霍布森躊躇了片刻，安妮忍不住笑出來，篤定地點點頭，幫忙煽風點火，「啊，這樣啊，原來這位尊貴的貴族騎士，是打算靠人多取勝的，並不敢接受騎士決鬥的挑戰啊！」

瑞奇・霍布森就像是被踩到尾巴的野狗一樣跳起來，他漲紅著臉道：「不是什麼人都能隨隨便便要求騎士決鬥的！她算是什麼騎士，她這種丟了純血貴族的臉面嫁給一個貧民窟野小子的蠢貨，以為拿把劍揮舞兩下就算是騎士了嗎？別笑死人了！」

漢娜抿緊唇，她抑制著憤怒，只咬著牙問他：「我只問你，敢不敢！」

「啊？」瑞奇・霍布森嗤笑一聲，「我為什麼要配合妳這個野蠻女人的騎士扮家家酒！」

「我也覺得還是算了。」安妮臉上笑意不減，歪頭看向漢娜，「確實不是什麼人都配進行騎士決鬥的，這種傢伙，只會侮辱騎士兩個字。」

「妳又是哪裡來的野丫頭！」瑞奇・霍布森站在人群中揮手，「把她們都給我抓起來！區區平民居然敢侮辱高貴的貴族騎士……」

他還沒有說完，但安妮皺了皺眉頭，已經沒耐心再聽他說下去了。

她抬起頭，伸出手掌做出一個握緊的姿勢，瑞奇．霍布森身後的虛空中猛地伸出一雙乾枯的手，死死扼住他的咽喉。

「啊、啊……」他驚恐地從喉嚨裡發出悲慘的氣聲，他帶來的手下也嚇一跳，但根本來不及去救他，就被地面伸出的骨手連拖帶拉地控制在原地。

「你太吵了，我認為，如果你不會說話，也許可以活得長久一點。」安妮真誠地建議，隨後轉頭看向漢娜，「抱歉啦，這場架讓給我來打吧？」

漢娜似乎也被眼前地獄似的景象嚇傻了，她愣了愣，看向安妮的眼神稍微有點變化。

安妮走向瑞奇．霍布森，他身後站著一隻身材高大的殭屍，正扣著他的脖子一點點把他提起來。瑞奇．霍布森害怕地瞪大了眼睛，不斷踮起腳尖尋找支撐，他害怕得想要求饒，但根本開不了口。

安妮走到他面前，有些無奈，「我原以為你是有點實力的，弱成這樣你也敢到處挑釁啊？看來金獅帝國確實是個好地方，仁慈善良的人可真多。」

漢娜似乎終於找回自己的聲音，她清了清喉嚨開口：「這位、這位法師大人，在金獅帝國的王都鬧出這麼大動靜，恐怕很快治安官就會趕過來了。」

安妮摸了摸下巴，「是這樣嗎？那他們為什麼不害怕遇見治安官？」

漢娜愣了愣，眼裡帶上一絲厭惡，「那也有可能是他們提前通知治安官，讓他們晚一點再過來，或者索性不要過來。」

安妮看向瑞奇・霍布森，「是這樣嗎？」

他用力掙扎著搖頭，安妮撐著下巴，語氣稍微帶上點威脅，「你可別說謊啊。」

瑞奇・霍布森搖頭的動作一僵，用一種微小的幅度點了點頭。

「呵。」漢娜嗤笑一聲，收回了自己的劍，她搖了搖頭，「妳說得對，跟這種傢伙進行騎士決鬥，只會侮辱騎士兩個字。」

忽然，趴在地上的某個手下飛快掏出一支哨子，他猛地吹響，這支小小的哨子爆發出遠超一般人想像的尖銳聲響，吸引了不少人的注意力。

即便漢娜住的地方十分偏僻，也引來好奇窺探的人群。

漢娜緊張地回頭看了一眼，「法師閣下，妳快點離開吧，這下子附近的治安官不想來也得來了！」

「能引來大人物嗎？」安妮歪著頭思考一下，覺得除非來的人是里維斯的家人，否則也沒什麼好擔心的。

漢娜愣了愣，但還是認真地回答：「這已經是貧民窟邊界了，治安官中地位越高的，駐守的地方越接近王城。這附近的治安官，算不上什麼大人物，所以他們才敢為所欲為。」

「這樣啊。」安妮有些惋惜，她還想著如果能見到大人物，還能直接逼問關於格林和菲爾特的消息。

「住手！放開他，女巫！」

安妮回過頭，來人比想像中更快。

「你們是……皇宮的護衛隊為什麼會到這裡來？」漢娜的臉色有些奇怪，但還是攔在安妮身前，替她辯解，「護衛隊長，是瑞奇．霍布森先動的手，這位法師只是為了幫助我。」

護衛隊長微微抬手，制止她繼續說下去，他面無表情地開口：「我們會給出公正的判斷的，這位亡靈女巫閣下，能請您先把他放開嗎？他快要撐不住了。」

對方顯然也不敢輕舉妄動，安妮看著瑞奇．霍布森的臉頰逐漸漲紅，眼睛裡擠出生理性淚水，彷彿已經到達極限，這才慢悠悠地說：「說起來他也不是什麼無可饒恕的傢伙，也不過就是討人厭一點，喜歡恃強凌弱一點，對亡故的公主出言不遜了一點，小心眼一點，另外還有穿衣品味特別差了不只一點而已……好像確實罪不至死。」

瑞奇．霍布森似乎看見了希望，再次掙扎起來，發出害怕的嗚咽。

在場的所有人都以為她打算收手了，安妮走到瑞奇．霍布森面前，露出微笑道：「但我又不是公正的法官，我只是一個壞脾氣的女巫。哪怕你只是惹我生氣了而已，我也有可能殺了你。」

「女巫，放開他！」護衛隊長猛喝一聲，但他根本沒辦法靠近，從土地裡爬出的骷髏把他們團團圍住擠在外面，任由他們攻擊也不還手，但就是無法突破。

瑞奇．霍布森突然意識到，無論誰都救不了自己了，眼前的這個女巫，就是自己的死神。他抖如篩糠，終於支撐不住內心巨大的恐懼，兩眼一翻昏了過去。

「啊，他好像嚇壞了。」安妮這才露出笑容，示意殭屍把他往地上一丟，轉頭看向護衛隊長，「我的事處理完了，現在我們可以聊聊了。」

護衛隊長看了一眼倒在地上的瑞奇．霍布森，確認他沒有性命之憂，這才抬起頭說：「按照規定，您在金獅帝國王都攻擊了人民，我們需要帶您回去調查清楚事實。」

「我說了，她是……」漢娜有些著急，但護衛隊長打斷了她。

「我知道霍布森家的是什麼樣的人，但這是必要的調查程序，希望您能夠配合。」

即使他們面前攔著不少骷髏，這位護衛隊長還是毫不退讓地注視著安妮。

安妮歪了歪頭，「稍等，讓我考慮一下。」

她直接利用和里維斯的契約，在腦海中和他對話：「**要不然我跟他們過去？說不定就能直接進皇宮了。**」

里維斯也覺得事有蹊蹺，「**護衛隊長不會平白無故出現在這裡，我總覺得是有人讓他來的。安妮，妳要小心，如果有問題，就立刻離開。**」

「**放心吧，別忘了我可是神明親口承認的半神，只要命運神不在，我就能帶你橫著走！**」

安妮故意誇張地打了包票，對等待著的其他人露出微笑，「我考慮好了，走吧。」

安妮跟在護衛隊長身後，對方的態度還算和善，安妮也就老老實實沒有找麻煩。

安妮對金獅帝國的街道十分感興趣，一路好奇地打量著周邊的建築，看起來不像是要前往大牢，倒像是來旅遊參觀的。

護衛隊長不動聲色地打量著她，猝不及防對上安妮的雙眼，他還來不及慌亂，就聽見這個奇怪的亡靈女巫笑著問他：「金獅帝國有什麼特別的美食嗎？」

「……金獅帝國的烤肉很有特色。」護衛隊長猶豫了片刻，還是回答她的問題。

安妮點了點頭，笑著說：「該你提問了。」

「什麼？」護衛隊長下意識反問。

安妮奇怪地瞥他一眼，「你一直在打量我，我還以為你是有想問我的事情，不是嗎？」

「不。」護衛隊長垂下眼，「這不是我該過問的事情。」

安妮的表情有些古怪，也就是說，會有比他身分更尊貴的人來詢問她嗎？

安妮決定問得更直接一點，「那麼我就接著問了，您身為護衛隊長，應該比一般人更容易接近王族吧？格林殿下的身體還好嗎？您最近有親眼見過他嗎？」

她特意著重「親眼」這個字眼，希望能從護衛隊長的臉上看出什麼變化來。但他似乎打定主意不再回話，保持著一貫的表情，沒有任何表示。

安妮有些無聊地轉過頭。

直到把她帶到一座黑色石塊搭建的建築前，護衛隊長才再次開口：「請進吧。」

安妮好奇地打量一眼，「這是哪裡？」

「牢房。」護衛隊長簡潔地回答。

安妮挑了挑眉毛，還沒有經過審判就把她帶到了牢房？但她略微猶豫了一下，也沒有抗拒，就這麼走進去。

護衛隊長帶她進入牢房，守衛休息的地方空無一人，一轉頭就連護衛隊長都退了出去。

安妮好奇地打量一圈，遠目望過去，整座牢房裡連一個犯人都沒有。

他們並沒有把她關進牢籠裡，安妮奇怪地開口問：「我不用進去嗎？只要待在牢房外面就可以了嗎？」

「呵呵，妳想要進去看看嗎？我們可憐的小安妮，待在牢房裡被鎖起來，一定也很楚楚可憐呢。」

安妮吃驚地瞪大眼睛，有些不敢相信地看著從陰影裡走出來的人。

那是穿著一身黑色斗篷的女性，寬大的斗篷下面是一條貼身的黑色魚尾裙，勾勒出玲瓏有致的身材。儘管身材依然曼妙，她的臉龐卻明顯已經不年輕了，眼角有了細紋，但依然無法掩飾她身上特屬於成熟女性的奇異魅力。

她手裡捏著一根細長的菸管，撩了撩海藻般的黑色長髮，露出笑意，「怎麼了？不會是出來這麼久，連我都不認得了吧。」

安妮用力吸了吸鼻子，然後像小孩子一樣「哇」的一聲哭了出來，她快步上前，一頭撲進眼前人的懷裡，上氣不接下氣地哭起來，「媞絲——嗚嗚嗚，妳還活著，太好了！」

媞絲有些哭笑不得地伸手敲了敲她的腦袋，「妳這種連掩蓋亡靈氣息都不知道的小鬼都能安然無恙地活著，我這種經驗豐富的老女巫怎麼會輕易死掉呢？」

安妮吸了吸鼻子，低聲抗議：「媞絲才不老呢。」

「對，畢竟還有里安娜在，我可算不上老。」媞絲笑道。

安妮抬起頭，尋找著另外的身影，「里安娜呢？她也在這裡嗎？」

「這可真是不巧。」媞絲嘆了一口氣，「不久前，南部大陸那裡傳來了關於亡靈女巫安妮的消息，里安娜不放心，就跑去找妳了。誰知道到了那裡，又聽說妳往金獅帝國來了，她傳信給我，結果我一打聽，好啊，妳這隻坐不住的小兔子，又跑到白塔國去了。

「現在妳人在這裡，恐怕從南部大陸追到白塔國去的里安娜又撲了個空。」

安妮有些心虛地摸了摸鼻子，她想起自己之前糊弄蒂亞王的小騎士，騙他說是為了把敵人騙上錯誤的道路才臨時改道，沒想到沒騙到敵人，反而騙到了里安娜。

她小聲地說：「等見到她，我會幫她好好揉肩膀的！」

媞絲嬌聲笑了起來，「好啦，讓我看看，妳被欺負了沒有？」

「咳。」身後站著的年輕男士終於忍不住清了清喉嚨，吸引在場兩位女士的注意力。

安妮看了他一眼，看到他標誌性的金色短髮和漂亮的藍色眼睛，試探著問：「你是……格林？」

格林微微點頭，朝她行禮，「貴安，安妮閣下，我是金獅帝國第一王子，格林・萊恩。」

「啊！」安妮立刻學著他的樣子也還了一禮。

「……這是男士對女士的問候禮。」格林微微蹙起眉頭，安妮這才注意到，他鼻梁上戴著單片眼鏡，身上的衣服一絲褶皺也無，就連頭髮都梳得一絲不苟，看起來就是一名十分嚴肅認真的人。

「哈哈。」媞絲毫不客氣地嘲笑她，「瞧瞧，學歪了吧？」

格林帶著歉意微微搖頭，「不，是我太過古板了，這並不重要。冒昧請問，里維斯他也跟您一起來了嗎？」

「嗯。」安妮乖乖點頭，提議道，「我先過來看看情況，如果你需要，我可以現在就召喚他過來。」

「不。」格林制止了她，他垂下眼，「有些事……請先不要告訴他。」

「你要不要先坐下，才站了這麼些時間，臉都白了不少了。」媞絲轉了轉手裡的菸管，笑咪咪地看著格林。

安妮看向格林，他看起來確實狀態不是很好。

「不，我……」格林剛要拒絕，安妮就開口說：「坐下吧，我站了好久啦，坐下來休息一下吧。」

媞絲率先坐下去，格林略微猶豫，還是道謝坐下了。

安妮看看媞絲，又看看格林，開口問：「媞絲，你們怎麼會在一起？我從聖光會那邊打聽到，妳和里安娜去了魔土。」

媞絲微微一笑，「是的，別看我這樣，我在魔土也是一名司令官喔，里安娜隱藏了身分，除了魔王，很多人都不知道她的存在。」

安妮吃驚地張了張嘴，看向格林，「那……」

格林點頭確認了她的說法，「我們其實已經暗中和魔族達成共識，媞絲閣下是兩國的聯絡人。」

安妮瞪大了眼睛，「啊，媞絲也成了這麼了不起的人啦！」

「也沒有那麼了不起，和金獅帝國搭上線算是巧合。」媞絲笑道，「只不過是前一陣子我發現魔族有人莫名其妙地消失，雖然這個種族脾氣上來，打到不死不休是常有的事，但大部分魔族都不會特地毀屍滅跡，他們更喜歡炫耀敵人的屍體。所以我覺得有些奇怪，就追查了下去。

「結果發現有人帶著魔族的屍體襲擊了金獅帝國的王室，我們去得不巧，只救下兩個人。」

安妮的臉色有些古怪，「妳居然會想救人。」

媞絲哈哈大笑，「不愧是安妮，真是理解我，哎呀，只是妳沒有看見，當時格林那張染著血的漂亮小臉，我就覺得這樣的美人就這麼死掉也太可惜啦，就糊弄手下一起救下他們。而且，他還付了一點特殊的代價。」

「咳。」格林似乎有些窘迫地清了清喉嚨。

媞絲卻好像正在興頭上，她好奇地湊近安妮問：「對了，安妮，那個里維斯，他也漂亮嗎？」

安妮在兩人的目光下，茫然地張了張嘴，最後老老實實地點頭，「漂亮。」

格林板著臉硬是把話題拉回來，「媞絲閣下救下我之後，我們才意識到，如果當時我們真的全軍覆沒，而現場殘留著金獅帝國王室和魔族的屍體，旁人會怎麼認為，就不用我多說了。」

安妮挑了挑眉毛，「所有人都會認為是魔族殺害金獅帝國王室。」

格林沉重地點頭，「而無論誰繼任金獅帝國國王的位置，哪怕只是為了給國民一個交代，他也必須對魔族宣戰。雖然他們的計畫沒有成功，但我們到現在也不知道，究竟是誰要挑起戰爭……」

安妮深吸了一口氣，「是神明。」

在場的兩個人同時瞳孔一縮。

漢娜看著坐在桌前的里維斯，低聲寬慰他：「你不用太在意，那位法師閣下的實力，不會出事的。」

里維斯抬起頭，「我知道，只要我還能行動，就表示她沒有出事。」

「那……」漢娜明顯鬆了口氣。

里維斯有些無奈地撐著額頭，「抱歉，我知道她不會出事，但……」

——但她一離開，我就有點心緒不寧。

意識到自己將要說些什麼的里維斯把最後半句話嚥進肚子裡。

漢娜也有些苦惱，她在屋子裡轉了一圈，突然想到了什麼，指著房間另一側的畫架說：「或者，您要不要畫幅畫打發時間？這還是我從家裡帶來的，是我僅存的愛好了。」

里維斯看了一眼畫架，最後還是接受了她的好意，坐下來打發時間。

直到夜幕降臨，里維斯看著窗外行人漸少，夜幕降臨，最終還是決定離開。他相信安妮不會出事，應該是有特別的原因才會沒有和他聯繫。

他打算一個人去皇宮內的歷史之廊，那裡是歷代王族才能前往的地方，收藏著諸位王室成員的畫像，無論如何，他打算去看一眼自己的父母。

里維斯走在夜幕下，微微嘆氣，有些無奈地說：「我也不希望總是被她看見軟弱的一面。」

他現在總算是理解了，為什麼偶爾有淑女路過訓練場時，騎士們總是忍著不喊痛了。

他自嘲般笑了笑，「到死了才理解這些，我似乎開竅得太晚了。」

他動作輕巧地翻牆而入，在深沉的夜幕下只留下一道一閃而過的影子。

藉著高懸的銀月光輝，里維斯推開歷史之廊的大門。

門內站著一個身影，里維斯下意識扶住腰間的長劍。

「我聽說金獅帝國來了一名亡靈女巫，就猜你是不是回來了。我想如果你回來的話，一定會來這裡。」沙啞的聲音響起，在空蕩的歷史之廊裡引起短暫的回聲，里維斯沉默地看著對方緩緩轉過身來。

除了一頭短髮，他的臉幾乎和菲爾特重合起來，里維斯沉默地看了他片刻，鬆了一口氣一般搖搖頭，他露出有些無奈的微笑，「我其實猜到了……真虧妳敢這麼做，尤莉卡。」

他們兄妹四人都擁有金獅帝國王室標誌性的金髮藍眼，長相都有幾分相似，更何況尤莉卡身材高挑，只要想辦法掩蓋掉一頭卷髮和女性的聲音特徵，她完全可以瞞天過海，把自己變成菲爾特。

甚至她從小就跟在自己身後學著騎士團訓練，就算偶爾要操練獅心騎士團也不會那麼容易穿幫。

這也就可以解釋為什麼皇宮內菲爾特和尤莉卡的近衛會被換掉，儘管外貌相似，但在親近的人眼中還是很容易露出破綻的。

心中的疑問被逐一解答，儘管還有不少問題，但里維斯還是露出真心的笑容，對著眼前幾乎要哭出來的英氣少女說：「看到妳還活著，我就放心多了。妳也成為金獅帝國驕傲的騎士了，尤莉卡。」

他原本以為自己那個有些驕縱的妹妹會撲進自己懷裡嚎啕大哭，但她卻用力擦了擦眼淚，帶著哭腔對他說：「我也是，哥哥。哪怕你已經死了，能夠再次見到你，我依然很高興。」

里維斯沉默地看著她，伸手輕輕拍拍她的腦袋，「長大了。」

尤莉卡忍住又要湧出來的淚水，轉過身道：「去看看父親和母親吧，還有……我們的畫像。」

里維斯沉默地跟在她身後，是啊，在世人眼中，他和尤莉卡，都是已經死去的人了。

「在這裡。」她的聲音有些哽咽，里維斯伸手拍了拍她的後背，他們一起站定在金獅帝國上一任國王的畫像面前。

那幅畫上是一個相當強壯的中年人，金髮的短髮根根分明，大海般的藍眼睛炯炯有神，他臉上帶著豪邁的笑，看起來意氣風發。他身邊站著的女性身形纖細，姿容端莊，臉上帶著得體的微笑。

他們站在一起，看起來有些奇異，又異常和諧。

里維斯閉上眼，用低到彷彿嘆息的聲音說：「我回來了，父親，母親。」

不必里維斯開口詢問，尤莉卡就一股腦把他想知道的事說了出來。

「那次的突然襲擊，對方顯然有備而來，當時我們身邊的獅心騎士團只有十幾人，他們每一位都奮力戰鬥了，最後還是……他們以我和母親的性命作為要挾，讓菲爾特跟他們離開，他答應了。」

「我就知道。」里維斯忽然重重地鬆了一口氣，他就知道，菲爾特絕不會就這樣背叛家人的，他是有苦衷的。

那時候他說的那些話，除了心灰意冷之外，也是給他的啟示。

尤莉卡眼中閃著淚光，她抽泣著低聲問：「哥哥，菲爾特他還活著嗎？他們為什麼要帶走他？」

里維斯用力閉了閉眼睛，他能夠想像到那場戰爭的慘烈，內心的痛苦和愧疚翻江倒海，他當時不在家人身邊，他什麼忙都沒能幫上。

他鄭重地回答：「他還活著，別擔心，尤莉卡，我會帶他回家的。」

「嗯！」尤莉卡用力抽泣一聲，像是終於鬆了一口氣，她彷彿支撐不住般蹲在地上，不顧淑女形象地哭了起來，「他們帶走菲爾特之後，確實放過了我和母親，但父親和大哥身陷重圍，那麼多人，他們根本沒辦法。

「我也想幫忙戰鬥，我也是獅心的後裔啊，我不怕犧牲的！但是母親非要讓我離開，她推著我，要我走，她說我們之中至少得有一個人活著回去。

「她衝上去替父親擋下刀劍，我看見父親抱著她，像發狂的獅子浴血奮戰，我不想做逃兵，但所有人都讓我快逃，我只能咬著牙往前逃。」

「尤莉卡，妳已經很努力了。」里維斯眼中盛滿悲傷，他從沒有像此刻這樣深感自己言辭的匱乏，他不知道該說些什麼才能撫慰這種傷痛，他只能不安地重複著這種明知起不了什麼作用的臺詞。

尤莉卡忽然抱著腦袋，用力搖了搖頭，「不是的，哥哥，後來有人救了他們！魔族的人救下了格林，如果、如果當時我沒有逃走，我留下來和大家一起戰鬥了，只要再撐一點時間，說不定父親和母親就不會……」

里維斯沉默地垂下頭，他只能一下一下地撫摸著尤莉卡的頭頂，溫柔地告訴她：「不是的，尤莉卡，這不是妳的錯。誰也不能料到最後會不會天降奇兵，尤莉卡，我們只是做了當時情景下，力所能及的所有事。不要責怪自己，看看妳這個沒用的哥哥，我什麼忙也沒有幫上。」

尤莉卡用力地搖搖頭，伸手握住里維斯的手。

她其實明白，無論是她還是里維斯，哪怕是格林，心中一定都有無盡的悔恨，他們都希望能夠回到過去，改寫這個不完美的結局，但他們同樣無能為力。

她都明白，只是她一個人藏著這些祕密，平時為了不讓不堪重負的格林再多操心，她必須堅強能幹、沉著冷靜。只有現在里維斯回來了，她才能像這樣，哭著、撒嬌一般，把這些話說出來。

說完就好多了，尤莉卡一邊平復著哭泣的餘韻，一邊告訴里維斯：「格林他覺得，對方獨獨放走我，帶走菲爾特，也許是有什麼企圖。而且他之前身體就不怎麼好，這次又受了傷……他說、他說不能不考慮他身體撐不住，當不了多久國王的情況。

「他現在只承擔代理國王的責任，對外宣稱真正的繼承者是第二王子菲爾特，也就是我。哥哥，我好害怕，大哥教導我學習成為國王的所有事，就好像、就好像交待遺言一樣。」

「大哥他，一向考慮周到。」里維斯停頓了一下，才接著往下說，「如果金獅帝國只剩下妳活著，對方的計畫是讓吉斯迎娶妳，成為金獅帝國的國王。大哥讓妳扮演菲爾特，宣布公主死亡，正好讓對方的算盤落空了。」

「怪不得，叛徒出在獅心騎士團裡，所以你才會……」尤莉卡咬著牙，「我原本還擔心，扮演菲爾特會不會被拆穿。但格林告訴我，除非我露出明顯的馬腳，不然他們不敢拆穿我。因為知道菲爾特不在金獅帝國內的，除了從戰場活下來的我和格林，就只有策劃那次襲擊的凶手！」

里維斯閉了閉眼，原來菲爾特說的吉斯的王位出了一點意外，是這個原因。

他轉過頭，看向尤莉卡，「我之前和別人吹噓過，即使沒有我在，我的家人們也會守護好金獅帝國的。」

他依次看向父親母親、尤莉卡，和他自己的畫像，露出悲傷和驕傲混雜的笑容，「你們做到了，尤莉卡，你們從不讓我失望。」

尤莉卡捂住臉，從手指縫裡漏出抽泣聲，「哥哥，我好不容易才止住哭的，你別再說了，嗚！」

里維斯有些為難，「抱歉，我只是想鼓勵妳，沒有想要惹哭妳的，妳還好嗎？」

尤莉卡胡亂抹了抹臉，她轉頭看向里維斯，「你會留下來嗎？哥哥。」

里維斯看著她期待的眼神，無言地張了張嘴，最後還是緩緩搖頭，「我和安妮，我們還有沒做完的事。」

尤莉卡臉色古怪地看著他，「那位把你變成亡靈的女巫？她是什麼樣的人？」

里維斯沒想到她會問這個，瞇著眼考慮了片刻，「是一位特別不讓人放心的傢伙。」

尤莉卡的臉色變得更加古怪，里維斯並沒有注意到，他自顧自繼續往下說，「她偶爾會很缺乏生活常識，有時候還格外喜歡湊熱鬧，但大多數時候，她都有一種……適度的善良。

「抱歉，尤莉卡，我不能留下來幫妳，我們還有很可怕的敵人要面對，我答應她，會一直陪著她。無論我們的結局會如何，我都打算和她一起面對。」

尤莉卡終於忍不住開口：「哥哥……你、你不會是喜歡那個女巫吧？」

里維斯沉默片刻，隨後僵硬地死死盯住尤莉卡，他用有些變調的聲音說：「沒有。」

尤莉卡和他對視了片刻，「哥哥，你還記不記得小時候，我打碎了父親很寶貝的花瓶，求你幫我遮掩。當時，父親問你是不是我做的，那時候你也是這麼一副表情，就死死地盯著他，聲音變調著說——沒有。」

里維斯僵硬地收回視線。

「這麼多年了，你依然不會說謊啊，哥哥。」尤莉卡嘆氣，目光帶著一絲憐憫，接著她有些好奇地嘀咕，「居然能讓你這樣的傢伙開竅，也不知道是個什麼樣的人。」

里維斯猶豫了一下，從口袋裡取出一張畫像，他低聲說：「妳要看嗎？」

尤莉卡眼睛一亮，立刻好奇地湊過來，「喔喔，還挺可愛的嘛！」

里維斯的畫技並說不上高超，但畫上的女孩赤著腳坐在海邊的礁石上，笑起來眼睛彎成月牙，依然能看出幾分天真可愛。

「嗯、嗯。」里維斯似乎有些高興，又有些彆扭地挪開視線。

尤莉卡奇怪地抬起頭，「不過你手邊怎麼會有她的畫像？」

「今天畫的。」里維斯如實交代，他站起來，在自己的畫像前站定，伸手把它抬了起來，小心翼翼地把畫從畫框中拆開來。

「哥哥，你要做什麼？」尤莉卡疑惑地詢問。

里維斯小心地展開安妮的畫像，把它放在了自己畫像的背後，接著把兩張畫一起重新塞進了畫框裡，掛回牆上。

尤莉卡驚訝地張大嘴，她回頭看了看自己父親和母親掛在一起的畫像，再看看背後藏著安妮畫像的里維斯畫像，忍不住掩住嘴。

「歷史之廊裡，歷來王室成員都會和妻子放進同一張畫裡，哥哥，你是想……」

里維斯搖搖頭，他自嘲地笑了笑，「不，安妮她……並不是我的妻子。我是一個已死之人，尤莉卡，我無法將這份愛意宣之於口。」

「但是，她是亡靈女巫啊，死亡對她來說不是什麼……」尤莉卡突然替哥哥委屈起來，但里維斯制止她繼續說下去。

他重新擺正自己的畫像，溫柔地撫摸著畫面，就像是撫摸著畫像背後藏著的隱晦愛意。

他說：「尤莉卡，活人和死人是不同的，無論我們看起來多麼相似，我們之間仍有不可逾越的鴻溝，那是生者和死者的界限。

「……但即使這樣，我也無法抑制我擅自復甦的心跳和難以言明的愛意，我想把我所有的榮光與她分享，哪怕不能被世人所知。」

站在自己的畫像前，里維斯收回手，回頭對著尤莉卡笑了笑，「要替我保密，如果被格林知道，他肯定又會說什麼不合規矩之類的話了。」

尤莉卡撇了撇嘴，有些忿忿不平地小聲答應，「……知道了，我不會告訴格林的。」

Getaway Guide for Necromancer

CHAPTER 2

【奢望】

在並沒有任何犯人身影的地牢內，安妮剛剛和格林及媞絲講完了命運神的異常，也大概瞭解了這段時間金獅帝國發生了什麼事

安妮有些困惑地抓了抓腦袋，「也就是說，按照你對里維斯的了解，他現在一定是前往歷史之廊，去見已故國王和王后的畫像，而尤莉卡公主會在那裡告訴他金獅帝國最近發生的事。」

「是的。」格林微微點頭。

安妮露出不太理解的神情，「那麼，您之前說的，不太方便讓里維斯聽見的話題又是什麼？尤莉卡公主不會說漏嘴嗎？」

到目前為止，他們似乎也沒聊什麼不能讓里維斯知道的話題。

「尤莉卡不會說漏嘴，因為我並沒有告訴她。」格林側頭看向媞絲，媞絲抬了抬菸管，示意他自己開口。

「正如之前媞絲閣下所言，她當時救我，並不是毫無代價的，我答應她，死後成為她的眷屬。當然，她當時救我就已經讓我十分感激，我對她需要收取代價這件事並無怨言。」格林的眼中一片澄澈，看起來似乎真的並不在乎媞絲的「趁火打劫」。

安妮卻挑了挑眉毛，瞇起眼半是譴責地看向媞絲。

媞絲立刻舉起手抗議，「別這麼看我，當時我又不知道他會跟妳有這麼彎彎繞繞的聯繫。妳知道我的，面對普通人，我會突發奇想地救人，這已經是他被幸運之神眷顧的結果了。」

安妮冷笑一聲，「不是幸運之神，恐怕是美神眷顧的結果吧？」

媞絲毫不掩飾地撐著下巴微笑，「也可以這麼說，哎呀，小安妮妳從小被我帶大，這種方面跟我也是有點像的吧？妳當時會把里維斯轉化成眷屬，難道不是被他風情萬種、楚楚可憐的藍眼睛打動嗎？」

安妮張了張嘴，覺得似乎沒辦法底氣十足地說不是，但又有些彆扭地覺得，「風情萬種」、「楚楚可憐」這兩個詞跟里維斯似乎不是很相關。

「咳。」格林似乎已經習慣她們兩個時不時就要把話題拉跑，只能一個人努力把話題拉回正軌，接著說，「但後來我知道里維斯成為亡靈，也在和媞絲閣下的相處中得知，如何製造一個強大的亡靈——透過獻祭。」

安妮神色一動，似乎預料到了他接下來要說些什麼。

「即使沒有受傷，我這副身體，也無法成為金獅帝國的王。」格林垂下眼，似乎不想被別人從眼神窺探真實的想法，「金獅帝國崇尚騎士精神，代代國王都是騎士出身，而我是一個拿不起劍的廢物。」

他自嘲地笑了笑，即使這樣也難以掩飾在他人面前揭開傷疤的難堪，他握緊身側的手，努力保持語氣的平和，「這也是為什麼菲爾特說要當遊吟詩人的時候，父親格外生氣。因為這就意味著，這個國家所有重擔都會壓到里維斯的肩膀上。」

——意思是，原本里維斯會成為金獅帝國的王嗎？

安妮忍不住插嘴道：「但是里維斯他堅信，你是最適合成為金獅國王的人。而且，他說之前你已經開始代理國王治理國家了，這不是表明，您的父親也依然打算讓你成為國王嗎？」

「我知道。」想起自己的弟弟，格林的表情稍微緩和，露出略微柔軟的微笑，「我明知道自己難堪大任，也從沒有拒絕父親給予的任務，一直努力在政事方面下工夫，就是希望至少在我死之前，能為里維斯幫上點忙。

「……里維斯和父親真的很像，或許沒有父親那麼大剌剌的，但他們本質上，都是看見一點希望就會拚死向前的人，就像是永遠無畏的雄獅，只有這樣的人，才能守住金獅帝國吧。

「我很感激他們，哪怕知道我的病情並不樂觀，他們依然相信那麼點我能活下去的可能，將本應由我承擔的職責交給我，努力維護我的尊嚴。」

格林深吸一口氣，把眼裡的溫柔和眷戀壓下去，恢復理智冷靜的模樣。

「可總要有人保持清醒，安妮閣下，您是亡靈女巫，應該能更直接地看到我的生命力，我活不了太久了。

「但幸好，現在我能以另一種方式幫上里維斯的忙。在我將死的時刻，請將我的生命和靈魂一起獻祭，讓我成為里維斯的力量吧。如果能以這種方式守護這個國家，也算是我……」

一直沉默的媞絲忽然笑了一聲，「和里維斯或者安妮有關的獻祭品，能夠激發亡靈最強的力量。這樣算起來，用格林獻祭可比用我們獻祭有用多了，畢竟說起來我們只是並無血緣關係的親人。」

安妮沉默地收斂笑意，她思索片刻，最後還是開口：「我曾經做過一次這樣的選擇。」

格林有些意外地看著她，他有預想過安妮欣然答應，也預想過她嚴詞拒絕，但沒想到她會忽然說起其他故事。

安妮看著他，沒有把他的提議當成兒戲，「在白塔國，我獻祭了一位了不起、甘願犧牲的公主，她召喚先祖冰原女王，再次封印傳說中的火龍，拯救了自己的國家。

「說起來，當時的情況，除了這條路我確實毫無辦法，這應該是當時最好的選擇，但我至今仍在悔恨自己的無能為力。您希望里維斯也永遠銘記這份悔恨嗎？」

格林的視線微微閃躲，「……我明白。但為了讓金獅帝國在這場滅世的浩劫裡存活下來，我們需要他成長為足夠庇護這個國家的強大存在。我願意獻出生命，里維斯，他也有不得不背負的東西。

「妳是亡靈女巫，應該明白……生命和靈魂，是我們這些弱小的凡人，能夠換取力量的唯一手段。」

安妮抿了抿唇，還是搖了搖頭，「格林閣下，亡靈女巫比誰都敬畏死亡本身。生命不是籌碼，里維斯對您的敬重也不是。」

她似乎稍微有點生氣了，從椅子上站起來，「抱歉，這件事我幫不上什麼忙，我先離開了。」

格林求助似地看向媞絲，媞絲愛莫能助地聳了聳肩，「別看著我，小丫頭脾氣可硬了，就算是我也沒辦法讓她改變想法。」

媞絲站起身，朝格林擺擺手，「看來你死後的歸屬權，暫時還是屬於我的了。」

她笑著跟上安妮的腳步，格林無奈地嘆了口氣。

媞絲跟著安妮一起走出大牢，意有所指地碎念了幾句，「哎呀，我們安妮真是長大了，不愧是小時候跟在戈伯特屁股後面的丫頭，說起大道理來那種一板一眼的模樣，可真像是個了不起的大人物啊。」

安妮撇了撇嘴，「媞絲，妳怎麼也跟著他胡鬧！」

「我之前也勸過他了，拜託，妳都不知道現在的年輕人有多固執！」媞絲誇張地聳了聳肩，「我差點沒被他滿嘴的國家、兄弟、大義、榮光煩死，只好答應了。反正我知道妳是不會同意的，他最後還是會回到我手裡。」

安妮表情有些古怪地看著她，「妳幹嘛非要他當眷屬？」

「因為他長得好看，就這麼死了也太可惜了，成為我的眷屬還能時不時讓我看看。」媞絲理直氣壯地開口，「而且，我還從來沒有讓王子當過眷屬，哎呀，這也是女人的虛榮心嘛。」

安妮無奈地搖了搖頭，忍不住抱怨：「明明這世界上大部分人都是貪生怕死的，為什麼這些傢伙……一個個都那麼有犧牲精神啊！這群笨蛋就不能努力掙扎著活下去嗎？不要因為見到亡靈女巫，一個兩個都覺得死亡不是什麼大不了的事情啊！」

媞絲忍不住跟著笑了，她抽了一口菸，紅唇輕啟吐出一口裊裊的煙霧，「是啊，死了以後看起來跟活著也沒什麼兩樣，會讓別人覺得沒什麼大不了的吧。

「妳和那個漂亮王子，處理好在金獅帝國的事情之後，記得再來找我。命運神和七大災的事，有必要聯合魔族，我帶妳一起去魔土。別擔心，魔族的大多數人雖然腦子有點問題，但交涉的方式也相當簡單粗暴。

「要和神明對抗，得集結一切可能的力量。」

安妮點了點頭，「嗯，而且我們也有事，需要去魔族的深淵查看一下……」

她說著話，突然臉色古怪起來，媞絲眼睜睜看著她耳朵泛起粉意，瞪著眼睛露出一副害羞的神色。

媞絲嗤笑一聲，「喂，妳那是什麼表情？幹嘛突然對我露出一副聽見告白的樣子？」

「沒有！」安妮下意識反駁，漲紅著臉一路往前小跑，「我、我之後再來找妳，我先走了！」

媞絲眨了眨眼，奇怪地看著她一溜煙跑了出去。

她纖細的指尖敲了敲菸管，露出有些無奈的神情，「真不知道現在的年輕人都在想些什麼。」

安妮跟著契約的指引，找到里維斯所在的地方。

他已經從歷史之廊出來了，藉著月色緩緩地在花園中穿行，看起來是在回憶自己曾在這座皇宮中度過的時光。

安妮還在擔心自己的表情會不會有點奇怪，特地放慢腳步，然而里維斯似乎已經察覺到她的視線，他似有所感地回過頭，露出微笑，「安妮，我還在苦惱等一下該怎麼找妳，妳消失了好久。」

安妮也跟著露出微笑，她笑著回答：「抱歉，因為見到了意料之外的家人，所以聊得久了一點。」

她看著里維斯的模樣，裝作不經意地提醒他：「其實你只要在腦海裡喊我的名字，我就會聽到的，好久沒用，你是不是都忘啦？」

里維斯略微一愣，一瞬間眼中似乎閃過一絲慌亂，但安妮就站在他眼前笑著，就好像只是隨口提醒，什麼都不知道的樣子。

里維斯有些動搖，各種猜測在腦內爭相出現，如果他足夠圓滑，這時候就應該裝作什麼也不知道、順著聊下去，但他在某些方面實在不夠機靈，直接僵硬地站在原地。

誰也沒有開口，兩人同時沉默下來，只有花園中的蟲鳴不息。

沉默許久之後，里維斯眨了一下眼睛，有些僵硬地回答：「嗯，我、我忘了。」

——這樣的反應也太心虛了吧！

安妮無奈地笑了，走近他身邊，垂下眼問：「里維斯，你打算留下來嗎？我見到了你哥哥，他身體好像不太好，還有你妹妹也很辛苦。

「反正只要我還活著，你就不會回到冥界，你可以和民眾說，你歷經千辛萬苦回來了，之前的死訊只是誤傳。」

里維斯抿了抿唇，他緩緩將視線挪到安妮身上，似乎想要看穿她的真實想法。但安妮的視線閃躲，悄然把頭轉到一邊，沒有直接和他對視。

里維斯依舊注視著她，他開口說：「安妮，我有時候會覺得我並不能幫上妳什麼忙。我能對付的敵人妳都能對付，而面對妳難以抵抗的神明，我也同樣無能為力。我能做的，好像就只有在妳倒下的時候伸手接住妳。」

他自嘲地笑了笑，「這好像都不是什麼非我不可的事情。」

「不是的……」安妮下意識想要反駁。

里維斯溫柔的藍眼睛注視著她，他眼裡哀傷的眷戀似乎太過明顯，讓安妮忘了自己原本想要說些什麼。

她看著里維斯眼裡的光亮逐漸黯淡，他平靜地說：「我曾經承諾過，會一直陪著妳，即便到現在，我也不打算違背自己的誓言。但是妳已經找到家人了，安妮，如果妳確實不再需要我，我……」

「不是的！」安妮再次開口，她低下頭，壓抑不住地用力吸了吸鼻子。

里維斯突然慌亂起來，他不太理解明明是自己要被丟下了，為什麼安妮反而哭紅了鼻子。他手忙腳亂地想要替她抹掉眼淚，但又顧忌著什麼不敢朝她伸出手。

安妮吸了吸鼻子抬起臉，她努力瞪大眼睛，裝作一副一點都不想流淚的樣子。

「我不是要把你丟下，是格林和尤莉卡，他們需要你，我不能任性地把你帶走。」

里維斯低下頭看著她，小心翼翼地朝她伸出手，似乎只要安妮稍微閃躲一下，他就會立刻收回手。

安妮這次眼神沒有躲閃，她看著里維斯的眼睛，又用力吸了吸鼻子，好像還在跟眼眶裡充盈的淚水較勁，不願意讓它們就這麼流下來。

里維斯蒼白的指尖碰了碰安妮的眼角，原本盛在安妮眼裡要掉不掉的眼淚一下子滾落出來，即使他根本感覺不到溫度，里維斯還是覺得這應該是一滴滾燙的眼淚。

他鼓起勇氣往前站了一步，雙手捧住安妮的臉頰，無聲而溫柔地替她擦乾眼淚。

但這樣反而讓安妮的眼淚掉得更凶，她眼淚簌簌地掉下來，語無倫次地說：「你很有用的！這一路上如果不是你，我一個人會多難過啊……但是你的家人需要你，他們……」

里維斯注視著她低聲問：「那妳呢，安妮，妳需要我嗎？」

「嗚！」安妮抿著唇，眼裡的眼淚又冒了出來，但她別開視線，沒有回答。

里維斯有些無奈，又喊了她一聲：「安妮。」

安妮把視線挪到他臉上，眨了眨眼，最後還是輕輕地點頭。

里維斯只覺得胸口懸空著的心臟一下子落到實處，他終於發現，自己說得那些冠冕堂皇的話只是藉口，即便他曾經無數次地告訴別人也告誡自己，他們之間隔著生死的鴻溝，但他心底依然有著靠近她的奢望。以至於現在稍微露出一點馬腳，他就不可抑制地希望能夠得到她的允許，得到她的回應。

他忍不住露出比以往更溫柔的笑容，低聲問：「安妮，妳還沒有回答我，需不需要。」

安妮伸手胡亂擦乾淨眼淚抗議：「我已經點頭了，你明明知道是什麼意思！」

里維斯溫柔地拉開她的手，不讓她遮住自己的臉，執拗地又問了一遍：「但妳還沒有回答，我之前的……妳都聽見了嗎？」

安妮轉過頭，似乎還有點不好意思，「也不是故意偷聽的，是你喊了我的名字。我可分不清什麼時候是偶然提起，什麼時候是特意呼喚，我、我就聽了一下……」

里維斯垂下眼，露出有些苦惱的微笑，「我也不知道該不該感謝自己，居然忘了這麼重要的事。雖然讓妳聽見這些，能夠避免我這個沒出息的傢伙再繼續搖擺不定，但有些話，我更希望能夠親口對妳說。」

他看起來似乎想要再說些什麼，安妮卻猛地伸手捂住了他的嘴，她耳朵通紅，眼神慌亂，有些慌張地說：「不用了，我、我都已經聽見了，用不著再親自說了！」

這種話，她一天可聽不了第二遍，如果讓里維斯見到她在媞絲面前露出的樣子，她可能就沒臉見人了！

里維斯眨了眨眼，他眼中忍不住盛滿笑意，輕輕拍了拍她的腦袋。

即使是這種時候，他也捨不得把她逼得太緊。

等到兩個人的心情都稍微平復了一些，里維斯才說：「尤莉卡幫我們安排了住處，今晚我們就不回漢娜家了。」

安妮小聲嘀咕：「雖然很感謝你妹妹的安排，但今晚即使住在豪華的皇宮裡，我可能也沒辦法好好睡覺了。」

里維斯眼裡一閃而過一絲笑意，他紳士地伸出手邀請，「那麼，這位失眠的女巫小姐，您願意和一位不用睡眠的亡靈，一起在花園裡走走嗎？」

安妮看了他一眼，微微抬起手，學著貴族小姐優雅的做派，稍微有些做作而矜貴地說：「喔，看在今晚月色的面子上。」

他們的手牽在一起，兩人都忍不住低下頭笑了。

「好啦，里維斯。」安妮笑著把手抽回來。

里維斯也有些不好意思地摸了摸鼻子，掩飾尷尬般清了清喉嚨，「我是學著以前舞會上見到的人做的，抱歉，我不是很擅長這種事情。」

「我知道，不過這種真誠也是里維斯的可愛之處啊。」安妮眼裡帶著笑意，跟他聊起了從格林那裡聽說的事情。

「安妮。」里維斯有些無奈，「可愛」似乎並不是對騎士合適的形容。

儘管雙方從格林和尤莉卡那聽到的都是差不多的事，但他們在同樣事情上的看法還是會有微妙的不同，兩人略微整合一下情報，更加清楚地了解了整件事的來龍去脈。

安妮板起臉，「對了，里維斯，我建議你最好找你大哥談談。」

「格林？」里維斯有些緊張起來，不知道格林是不是說了什麼惹安妮不高興，他猶豫著解釋，「格林一直是個很認真的傢伙，如果他非要糾正妳什麼禮儀方面的問題，妳也不必太過在意。」

安妮想起一開始她學著格林行禮的事，有些尷尬地清了清喉嚨，「咳！不是因為這個！」

里維斯更加困惑了，「那是？」

安妮有些猶豫，格林似乎並不想讓里維斯知道，他想成為他進階的祭品。她考慮了片刻，決定學習一下神明拐彎抹角的暗示方法，她板起臉道：「他有了不該有的想法。」

里維斯聯想到尤莉卡離開之前，略有些猶豫地跟他說，格林和那個魔族的亡靈女巫走得格外近，她時常看見那個女巫出入格林的房間。

里維斯皺起眉頭，覺得自己大概明白了安妮在說什麼。

「如果是那件事，我想我大概已經明白了。」

安妮一愣，格林不是說尤莉卡公主也不知道嗎？里維斯是怎麼知道的？

里維斯嚴肅地看向安妮，「安妮，我不知道妳是怎麼看待媞絲的，也許在妳眼裡她就像母親一樣，格林如果和她有什麼發展都是不該有的想法。但是，我覺得愛情是不該顧忌這些的……」

「等一下！」安妮驚恐地瞪大眼睛，「什麼，格林對媞絲有什麼想法？」

里維斯的表情微滯，更加困惑地開口：「妳、妳不是在說這個嗎？」

安妮無言了，「……我只看出來媞絲似乎對格林有什麼企圖。」

「啊？」這回輪到里維斯驚訝地瞪大了眼睛。

兩人大眼對小眼互看了片刻，里維斯終於按捺不住地問：「所以，妳說的究竟是什麼事？」

安妮拍了拍里維斯的肩膀，語氣有些沉重，「雖然不知道格林原來還有這麼多別的祕密，但我還是建議你自己去問。

「如果可以的話，也順便幫我打探一下他跟媞絲，對了，我沒有把媞絲當成母親過，是姐姐！如果擅自說把媞絲變成長輩的話會被她狠狠敲腦袋的！」

「好吧。」里維斯抬起頭看了看夜色，「我實在是有些在意，那我現在就去找格林問問，回來之後，我還沒有見過他。」

「現在他還沒有休息嗎？天色已經不早了。」安妮跟著看了看墨色的天空。

里維斯露出有些無奈的微笑，「這個時間，他一定還在處理那些讓人焦頭爛額的文件，我去看看他，順便提醒他，該睡覺了。」

里維斯牽著安妮的手，「走吧，我帶妳去妳的房間。」

「我自己可以……」安妮話說到一半，突然意識到，「啊，我不認識路。」

她有些尷尬地抓了抓頭髮。

「我也差點忘了妳不認識路。」里維斯跟著笑了，微微低下頭說，「我只是滿腦子想著，不能錯過送喜歡的女孩回家的這段路。」

安妮害羞地摸了摸鼻子，「咳。」

她覺得這時候自己應該從容地說點什麼，才能顯得不那麼奇怪，但她耳朵發燙，只想低下頭看著自己的腳尖。

送安妮回到房間後，里維斯離開去拜訪格林。

安妮坐在房間柔軟的床鋪上，盯著天花板發呆，她明明好不容易說服自己要給里維斯自由，讓他留下來守護自己的國家，結果事情卻走向另外一種發展。

靜謐的午夜，整個皇宮的燈火都已經熄滅，忽然安妮聽見輕輕的敲門聲。

思緒被打斷，安妮把目光投向門口，有點奇怪，這個時候怎麼會有人來找她？

在這個宮殿裡她並沒有熟悉的人，而媞絲哪怕要深夜來找她，恐怕也不會這麼有禮貌地敲門。

安妮有些猶豫地皺了皺眉頭，最終還是沒有裝睡，一骨碌爬起來走到門口，讓一雙骨手轉開門，自己則悄悄站在門側的陰影裡。

「失禮了，咦？」嘶啞難聽的聲音在門口響起，安妮看著一個金色短髮、身著男裝，容貌和菲爾特十分相似的人走進了房內。對方似乎有些困惑，為什麼門開了，自己的視線內卻空無一人。

不是敵人，安妮稍微鬆了一口氣，但突然又因為其他原因提起了心臟——這是里維斯的妹妹！

她整理一下散亂的衣服，從陰影中走出來，有些拘謹地清了清喉嚨，「咳，您是尤莉卡公主嗎？」

尤莉卡公主似乎被突然出現在身後的聲音嚇了一跳，她有些驚慌地回過頭，在看到安妮的時候並沒有太掩飾自己的打量。

安妮覺得她今晚需要清喉嚨、掩飾尷尬的時候好像格外多，但即便清了這麼多次，她依然無法掩蓋自己喉嚨的乾澀。

尤莉卡公主很快反應過來，她優雅地低下頭行了一禮，「失禮了，安妮閣下，我是尤莉卡．萊恩，不過……以後在外面，還請您把我當成菲爾特．萊恩。」

安妮點點頭，「我明白，啊，對，妳要不要先坐下。」

她抑制住自己學著她行禮的衝動，經過格林的那一次教訓，她已經充分明白貴族的禮儀有多麼繁複，一不小心就會鬧出笑話。

尤莉卡依然打量著安妮，「請不用在意，安妮閣下，我前來拜訪只是出於禮儀，來見一面一直照顧我哥哥的……朋友。」

她還不知道安妮和里維斯今晚的談話，因此開口的時候有一點輕微的埋怨。

安妮眨了眨眼，顯然沒有相信她的說辭，畢竟如果只是打招呼，可不會特地挑在這種半夜。但安妮想了想，如果她是一個普通人，家人被亡靈女巫變成不死族，大概無論如何也會有些不滿吧。

安妮抿了抿唇，悄悄伸手摸了摸自己的口袋，她小心地看了尤莉卡一眼，想讓自己看起來不怎麼刻意地把珍珠遞給她，「這個，送給妳，是、是見面禮！」

尤莉卡愣了愣，臉色古怪地看著安妮遞過來的珍珠。金獅帝國地處內陸，不巧四面都不環海，珍珠在這裡是相當珍惜的物件，所以她拿出這個，是一種賄賂？

尤莉卡看了看圓潤漂亮的珍珠，想到自己現在是以菲爾特的身分生活，即使擁有了這些漂亮的珍珠，也沒辦法做成首飾，她垂下眼，「感謝您珍貴的禮物，但是不必了。」

——看樣子是不喜歡。

安妮有些苦惱地把手伸進口袋裡繼續搜索，她這次摸出來一把顏色漂亮的貝殼，「那這個呢！」

尤莉卡震驚地看著她從口袋裡找出這麼多東西，是空間魔法？這些貝殼，雖然好像沒什麼用處，但是光看著顏色都讓人覺得心情很好，而且也不是什麼貴重的東西，就算拿了也……

尤莉卡稍微有些動搖，但還是咬牙堅持住，她努力維持著矜持的淑女風範，「不，不必了安妮閣下，我真的不是……」

——那就是這個也不喜歡，不愧是公主，相當挑剔啊。

安妮瞇了瞇眼，絕不放棄，一股腦地從口袋裡掏出在南部大陸購買的那些小東西。

「這個小鳥按一下就會叫，這個套在一起的環用特殊的方法可以解開，還有這個，這個小紙人只要撥動得快一些，上面的圖畫就能動起來！」

尤莉卡公主的理智搖搖欲墜，一開始的那點不滿也悄然跟著煙消雲散，安妮不知道什麼時候已經蹲在了地上，像擺攤一樣把各種小東西擺給她看。

尤莉卡花了好大的意志力才沒有讓自己也跟著蹲下去，但她的目光還是不由自主地被吸引了。

安妮再次摸出一顆圓球，「這個！這個原本是聖光會的輝光之珠，但是因為在我身邊帶久了，就變黑了，雖然不知道有什麼用……啊，裝飾起來還挺好看的吧？一般也沒有這麼大的黑珍珠！」

尤莉卡終於忍不住被她扯開了話題，「天吶，好精純的暗能量！」

安妮眼睛一亮，她接話了，有戲！

里維斯把安妮送回房間，這才再次前往格林的書房。

他還戴著那張面具，以防被熟悉他長相的僕人認出來。不過在這樣的深夜裡，就算是被人看見原本的模樣，恐怕也只會被當作是夜晚的幽靈，說不定還會產生新的宮廷怪談。

里維斯忽然覺得這種無厘頭的想法更像是安妮會說的話，他有些無奈地搖搖頭，還是忍不住露出笑意。

格林的書房果然還亮著燈，里維斯嘆氣，這個認真的傢伙既然花時間跟安妮見了面，那麼少花費在今天工作上的時間，他也一定會在夜晚補回來。

就算過了這麼久，格林的這些習慣也還沒有變。知道自己身體不好就該多休息的，里維斯有些無奈地搖搖頭，他沒有走正門，直接翻上書房的露天陽臺，輕輕敲了敲窗戶。

屋內的窗簾被拉開一角，露出媞絲的小半張臉，她微微挑了挑眉毛，似乎對訪客有些驚訝。

里維斯腦海中立刻閃現尤莉卡欲言又止的模樣，還有她說起的，關於格林和女巫的傳言。

媞絲收回挑開窗簾的菸管，把窗戶打開，轉頭朝著屋內笑道：「天吶，在群星閃耀的夜晚與人翻窗約會，格林，你這個漂亮的弟弟可比你有情調多了。」

里維斯確認了她的身分，努力把腦海裡的胡思亂想剔除，有些窘迫地向她行禮，「失禮了，媞絲女士，我是金獅帝國第三王子里維斯．萊恩。」

媞絲微微露出笑意，「我是安妮的漂亮姐姐媞絲，進來吧，小傢伙。」

格林目光複雜地看著自己的弟弟有些拘束地從窗戶翻身進來，他低聲說：「里維斯，許久不見，你和以前相比，有了不少變化。」

里維斯也同時看向他，他看起來臉色蒼白，恐怕比已經成為不死族的自己也好不了多少。里維斯心中念頭紛雜，藍眼睛裡悲傷溢滿，他苦澀地微笑，

「大哥，活人和死人，變化當然會很大。」

「我不是說這個。」格林抬起眼看他，即使坐在書桌前，也同樣一絲不苟，他皺起眉頭，「我是說你以前不會做翻窗這種不合禮儀的事，如果不是今天發生太多事，媞絲閣下會直接發動攻擊的。」

里維斯一開始有些想笑，但很快又明白了他的意思。格林認為殺死了父親和母親的幕後黑手很有可能還會派人暗殺他，所以才讓媞絲閣下待在這裡。

里維斯鬆了一口氣，露出有些歉意的眼神，「原來媞絲閣下深夜還待在這裡，是因為這個，抱歉，我……」

媞絲擺了擺手，姿態曼妙地坐回自己的椅子上，「用不著抱歉，也只有你這個不解風情的大哥會把深夜還待在他房間裡的女人，單單當作一個護衛。唉，還是說我已經上了年紀，魅力大不如前了？」

屋裡的兩個人都不擅長應付這種問題，兩兄弟面面相覷，里維斯終於明白安妮說的，她平時只會擔心媞絲看上別人是什麼意思。

格林有些生硬地轉移話題，看向里維斯問：「怎麼了，里維斯，有什麼事一定要今天說嗎？」

里維斯回過神，開門見山地說：「是安妮讓我來的，她說你有了不該有的想法，讓我來找你問問。」

格林有些苦惱地撐著額頭，似乎是對自己弟弟的這份天真有些頭痛，他嘆了一口氣，「里維斯，我以前教你的那些手段你都忘了嗎？用這種問法，通常情況下是不可能直接得到自己想要的情報的。」

「抱歉，我在這方面確實也並不擅長。」里維斯坦率地道歉，「但是我想，和家人交談應該也用不上這些手段，格林，你打算做什麼？」

格林陷入沉默，他看著眼前的書卷，有些疲憊地揉了揉眉心，「里維斯，你知道我避開你，就是不想讓你知道。」

「呵呵。」媞絲低低笑了兩聲，饒有興趣地看著他們談話，「如果他怎麼都不肯告訴你的話，小傢伙，你要不要考慮問問我？或者問問安妮，畢竟我們也是知道的。」

格林有些無奈地看著她，「媞絲閣下。」

「嗯？」媞絲撐著下巴，笑得像故事裡常見的蠱惑人心的女巫，「如果您不想讓我說出口，也可以選擇討好我。」

里維斯沉默片刻，才緩緩搖了搖頭，「不必了，媞絲閣下。」

「安妮讓我自己來問，一定是她答應格林不會說出這件事，我不會讓她為難。您也是同樣的，我不希望因為我的詢問，會影響您與格林的關係，所以我會自己問他的。」

媞絲眼中一閃而過一絲驚訝，她掩唇笑道：「啊呀，該說你們真不愧是兄弟嗎？我都要心疼了，格林，你真的不打算告訴他嗎？」

格林無奈地深吸一口氣，像是認輸般嘆著氣道：「在固執這方面，我可不是他的對手。」

里維斯知道這是他打算開口的信號，總算是鬆了一口氣。

格林抬起頭，平靜地看向里維斯，「里維斯，醫師說我的身體恐怕撐不過今年冬天，我希望能在最後幫上你一點忙。

「我拜託安妮閣下，在我將死之時，把我作為祭品讓你進階。」

「我不會接受的！」里維斯毫不猶豫地拒絕，隨後補充一句，「安妮也不會答應的。」

格林苦惱地抓了抓腦袋，「所以我才不想告訴你，我已經猜到你會這麼回答了。」

媞絲還嫌不夠熱鬧般在旁邊煽風點火，她掩唇笑著說：「啊呀，你哥哥可過分了，他還打算讓我繞過安妮，由我為你布置進階儀式呢。如果小安妮知道我這麼算計她，她一定會很生氣的！」

格林無言以對地沉默了片刻，還是忍不住抗議道：「當時您明明說，只要我能說服里維斯您就願意協助的。」

「呵呵。」媞絲忍不住笑了，「天真的王子殿下，這世界上的女巫可不全是安妮那樣的，女巫可是很擅長出爾反爾的。

「你得保持警惕，尤其是對我這樣的女巫。好啦，我要出去看看月色，就不參與你們兄弟間的話題了。」

她邁開腿站起來，似乎是體貼地打算把空間留給他們。

媞絲離開房間後，屋內沉寂了片刻。

兩人僵持著，最後還是格林率先嘆了一口氣。

格林閉上眼睛，往後靠進座椅裡，他很少露出這種軟弱且頹唐的模樣，他有些痛苦地說：「里維斯，我是金獅帝國的第一王子，這裡是我即便死去也想守護的土地。

「我們是王室，我自出生起，接受著家人的愛，接受著臣民的崇敬，我多希望回應他們的期望。

「但我受制於這殘破的軀體，我有那麼多力所不能及的事，如果我的生命能夠幫上點什麼，我會毫不猶豫地將它獻上。里維斯，這是我最後能做到的事了。」

「我明白。」里維斯沒有立刻反駁他，他能夠理解格林的想法，也明白他做出這個決斷的背後藏著多少不甘心。

他抬起頭看向格林，露出有些無奈的笑容，「哥哥，我剛剛死去的時候，也同樣想著，即使將靈魂出賣給魔鬼，我也要阻止背叛者對金獅帝國出手。

「菲爾特為了家人可以忍辱負重成為神的容器，尤莉卡為了守護這個國家可以自己毒傷喉嚨剪去長髮，我知道你也同樣不會害怕犧牲，我們是一起長大的兄妹，我們流淌著同樣的血液，我們同樣深愛這片土地。

「但我還是不會接受這種做法。」

格林沉默地看著他，他明白自己沒辦法說服里維斯。

里維斯深吸一口氣，「哥哥，我一直堅信你是最適合成為國王的人。我從很小的時候開始就是你的跟屁蟲，我學著你的為人處世，以你作為王室的標杆，我得到的所有稱讚，也同樣是你的榮耀。

「你能對所有事情全力以赴，為什麼不能努力活下去？金獅帝國內沒有能治好你的醫師，那麼就去南部大陸、去白塔國、去黑鐵聯盟繼續尋找。」

格林沉默著，他似乎想要開口，但也不知道該說些什麼。

他從小就已經接受自己活不長的命運，他能在所有事情上努力，卻唯獨在這件事上消極以對。

里維斯站起身，朝窗口走去，「好好休息吧，哥哥。安妮告訴我，凡生者，唯有死亡無法避免，但我還是希望你能活久一點。如果你能活著成為國王，會比你獻出生命作為祭品，更能保護這片土地。」

「等等。」格林開口叫住了他，里維斯回過頭，格林沉默了半晌說，「……走正門。」

里維斯有些無奈地搖了搖頭，「知道了。」

里維斯走出門，才發現媞絲就靠在門邊的牆上。

看見他出來，媞絲微微露出笑意，「聊完了？也沒有我想像中久嘛，我還擔心你們會不會吵起來，需不需要我把安妮拉過來勸架。」

里維斯關上門，有些不好意思地低下頭，「不，我們並沒有……」

「對了。」媞絲似乎並沒有聽他回答的打算，她直起身，毫不掩飾目光地肆意打量著他，「說起來我們還沒有好好聊過。

「讓我想想要聊點什麼……啊，不如就從關於戀愛的話題開始吧。你剛來時看起來好像很高興，露出了剛跟心愛的女孩約完會一樣的表情。怎麼了，難道是你在金獅帝國內，有個許久未見的戀人嗎？」

里維斯沉默下來，明明媞絲故意提出一個錯誤的猜測，但里維斯有種直覺，她其實已經看穿了他對安妮的感情，她好像在試探自己。

里維斯沒有掩飾，他如實以告：「……我剛剛送安妮回到房間。」

「啊呀，沒想到居然是我們家那個傻ㄚ頭啊。」媞絲故作驚訝地笑道，笑意卻根本沒有到達眼底，「這可真是……讓人吃驚。」

里維斯尷尬地沉默下來，他不知道媞絲對此是什麼看法，只能安靜等她說出自己的意圖。

他不知道媞絲對自己是什麼態度，但他確實感覺到一點惡意。但即使她並不認同，里維斯想，現在自己也不會輕易放棄了。

媞絲轉了轉自己手裡的菸管，她並沒有看向里維斯，似乎是漫不經心地開口：「我並不懷疑你的品德，我只是有些事情想要提醒你，你應該清楚自己已經是一個死人了。」

里維斯垂下眼，「我明白，但……」

「啊，別誤會。」媞絲依然不打算給他開口的機會，她微微一笑，帶著若有似無的威脅，「我是覺得只要自己喜歡，哪怕和一棵橡樹談戀愛也沒什麼不可以，我並不介意你是死人。我只是聽說過，金獅帝國的騎士守則某一條好像是……」

里維斯反應過來她在說什麼，回答：「對愛至死不渝。」

「對，就是這句，騎士的愛至死不渝。」媞絲露出滿意的微笑，若有似無的煙霧似乎將里維斯包裹在裡面，「而我要告訴你，亡靈女巫的愛情直到死亡盡頭。

「你最好記住這個守則，如果你膽敢背叛，你會明白死亡不是一切痛苦的終結。」

里維斯沒由來地察覺到一股危機感，就好像這些煙霧裡藏著重重殺意，他下意識想要握住劍柄，但最後還是鬆開了手。

他越過煙霧看向媞絲，「我……」

媞絲擺擺手，依然不打算讓他說話，「我不是來聽你表達決心的，我可不相信男人的花言巧語，哪怕他們此刻是真心的。」

媞絲站到格林的門前，伸手搭上把手，「我只是在威脅你，好好照顧我的小丫頭，要哄她開心，要讓她安心，否則──」

她笑了一聲，打開門進入房間，身邊圍繞著的煙霧也緩緩散去。

站在門外的里維斯沉默了半晌，才反應過來，媞絲並不是要阻攔自己和安妮，她就像是……就像是里維斯在騎士團時期見過的操心哥哥，暗地裡去找自己妹妹的情人，扮演惡人的角色威脅他不許辜負自家的小丫頭。

里維斯露出無奈的笑意，也不管對方能不能聽見，低聲說：「請不用擔心，我會好好照顧她的。」

媞絲進到房間，格林還在處理手中的書卷，她有些無聊地坐回自己的位子上，格林卻突然開口：「……別那麼欺負我弟弟。」

媞絲饒有興趣地抬起眼，「啊，你偷聽我們說話了？」

格林搖搖頭，「妳那麼久沒有進來，我就猜到妳會做什麼了。」

媞絲笑了，「啊呀，原來是怪我離開太久了，這可真是抱歉。」

「里維斯喜歡上了安妮閣下嗎？」格林的視線依然沒從書卷上挪開，「用不著用那種驚奇的眼神看著我，我並不遲鈍。但他是已死之人……沒關係嗎？」

「亡靈女巫大概是這世界少數不在意和死人談戀愛的傢伙了吧。」媞絲微微一笑，「還有，你這種像木頭一樣的傢伙，居然敢說自己不遲鈍？」

「這樣啊！」格林似乎是鬆了一口氣，忽略了媞絲的後半句話，但他很快又皺起眉頭，「不過看著里維斯，我偶爾也會模糊死者和生者的界限，就好像死亡也沒什麼大不了的。」

媞絲抽了一口菸，裊裊的煙霧遮擋住她的表情，「還是有區別的。比如你的弟弟，在他知道你決意獻祭自己的時候，哪怕他悲傷到無以復加，也沒辦法掉出一滴眼淚。」

格林沉默了片刻，他疲憊地嘆了一口氣，終於放下手裡的書卷，鼓起勇氣般開口：「媞絲閣下，魔族……有好的醫師嗎？」

媞絲的動作頓了一下，笑了起來，「哈哈，魔族可能沒有。但這世界上應該還有不少。」

格林也跟著笑了，這似乎是他最近第一次展露笑容，「是嗎？我打算再找找好醫師，再努力掙扎著活下去。」

「抱歉，媞絲閣下，您可能要多等一陣子才能等到我死去了。」

媞絲饒有興致地打量著他，她笑彎了眼，心情不錯地微微抬了抬菸管，「不著急，我是一名有耐心的女巫。」

Getaway Guide for Necromancer

CHAPTER 3

【約會】

第二天清早，里維斯避開大部分僕人的視線，悄然來到安妮的窗前。

這時候走廊上的人太多了，皇宮裡應該有不少看著他長大的人，他不確定自己戴著面具會不會被認出來。

輕輕敲了敲窗戶，翻身進入屋內，里維斯紳士地沒有朝床幃處看，他低聲說：「安妮，該起床了。」

「嗯？」床上的人影窸窸窣窣地動起來，里維斯卻忽然覺得有些不對。

「哎！」

床幃處忽然傳來一聲驚叫，一個身影驚慌地從床鋪上滾了下來，幸虧被一排骨手接住，才避免臉和地面親密接觸的結局。

「哥、哥哥！」尤莉卡聲音沙啞，有些慌亂地匆忙站起來。

里維斯神色複雜地看著她，再看了看幾乎擺滿房間地面的各種小東西，他似乎隱約看見床邊還掉了幾個顏色漂亮的貝殼。

「嗯？里維斯？」安妮這才打著哈欠從床上爬起來，一臉茫然地看著他們兄妹對視。

尤莉卡只覺得自己試圖試探安妮被里維斯逮了正著，她羞紅著臉解釋：「我、我只是跟安妮聊了一下南部大陸的見聞，不小心才睡過去了！」

「那這個……」里維斯指了指地面雜亂的小東西。

「是我送給尤莉卡的禮物，全——部都是！」安妮露出微笑，有些得意地朝里維斯擠了擠眼睛，似乎還驕傲於自己那麼快就跟尤莉卡成了好朋友。

里維斯板起臉，「是嗎？那麼尤莉卡，妳就這麼把自己的東西亂扔嗎？」

「我、我等一下就回來整理！」尤莉卡匆匆撿起自己的外套，她這時候只能慶幸自己穿著的是男士服裝，一頭短髮也只要理順就看不太出異樣，「我今天還得去巡視騎士團，抱歉！」

里維斯目光複雜地看著尤莉卡衝出房門，她又急忙退後一步，對安妮露出微笑，行一個禮，「妳的故事很有意思，下次我帶妳去吃金獅帝國最有名的烤肉！」

尤莉卡離開了房間，安妮注意到里維斯的表情，看見房間內散亂一地的小東西，立刻小聲抗議：「這是我跟尤莉卡一起擺的，不是我一個人弄得這麼亂的！」

「知道，我不會嘮叨妳的。」

里維斯笑著搖搖頭，隨後露出有些苦惱的神情，「不過我原本打算今天帶妳去吃金獅帝國最有名的烤肉，但尤莉卡也這麼說了……」

安妮立刻赤著腳從床上跳下來，「去吃，今天就去！沒關係，就算下次尤莉卡叫我，我也能裝作是第一次吃！」

里維斯笑了，他正要伸手去攙安妮，門口忽然響起敲門聲。

他跟安妮對視一眼，有些無奈地收回手，隨後轉身翻出窗外，暫時躲避起來。

安妮打開門，來人是負責清掃的女僕，她禮貌地向安妮行禮，「您好，尊貴的小姐，我來幫您打掃……啊！」

對方似乎是被屋內雜亂的樣子嚇到了，安妮有些不好意思地抓了抓頭，「啊，這個請不用在意，這是尤、咳，這些我稍後會自己整理的。」

「但是，這、這是我的職責！」清掃女僕似乎有些固執，她十分有動力地擼起袖子，「請不用擔心，尊貴的小姐，我會幫妳全部收起來，安排得整整齊齊的！」

「不、不用的……」

其實她只要把這些東西通通塞進口袋裡就行了，但對方盛情難卻，安妮苦惱地抓了抓頭髮，「啊，不然妳幫我做點別的事吧，妳會梳頭嗎？我看見那些貴族小姐似乎都會梳很漂亮的編髮……」

清掃女僕愣了一下，看了看安妮散落的黑色長髮，有些躊躇，「我、我會一些，但從來沒有幫別人試過，梳妝也是有專門的女僕的，我可以為您把她叫來！」

「不，請妳來就好了。」安妮露出微笑，伸手拉住她，「拜託妳啦。」

「好、好吧！」清掃女僕看著她的笑臉有些晃神，略微紅了臉，「我會努力的！」

安妮坐到梳妝檯前，清掃女僕動作輕柔地替她梳起頭髮。

安妮有些新奇地看著鏡子中的自己，她好像還是第一次這麼老老實實地坐在梳妝檯前。

安妮忍不住感嘆：「我還是第一次坐在梳妝檯前，讓人幫我梳頭髮。」

「咦？」清掃女僕似乎有些吃驚，「您、您不是貴族的小姐嗎？」

「不是啊。」安妮大大方方地承認，她笑道：「小時候里安娜幫我綁過麻花辮，梅斯特那個傢伙還把我的頭髮全部綁到頭頂過！」

雖然不知道她說的是誰，清掃女僕還是忍不住跟著笑了，她說：「我還以為菲爾特殿下帶回來的，是哪個家族的貴族小姐呢。啊，不過，您並不比那些尊貴的小姐差，請看看吧，您也很適合這樣的髮型呢！」

安妮瞪大眼睛，不知道自己該先驚訝於鏡子中自己的模樣，還是該先驚訝於清掃女僕口中說的……

「菲爾特殿下？不，我不是……」安妮下意識想要否認。

清掃女僕羞紅著臉說：「我明白，我今早還見到菲爾特殿下從您房中出來，啊，請不用擔心，我不會說出去的。就算您是平民，也請不要洩氣，金獅帝國的王室不是那種只看血統的人。你們一定會得到真正的幸福的！」

她好像擅自腦補了什麼驚天動地的愛情故事，一副感動的模樣為她加油。

「砰」的一聲，安妮聽到窗外傳來聲響。

「咦？是什麼聲音？」清掃女僕似乎想去看看。

「大概是什麼小動物吧。」安妮回過神來，臉上的笑容稍微有些僵硬。

她有些絕望地想，從今以後，金獅帝國的宮廷傳說，除了格林殿下和某位亡靈女巫之外，恐怕又要加上一個菲爾特殿下和某位平民少女了。

「這樣嗎？」清掃女僕的笑容稍微有些困惑，但她也沒有放在心上，她轉身打開衣櫃，朝安妮露出微笑，「既然都特地梳了頭髮，小姐，挑一件裙子吧。」

安妮低頭看了看自己身上的睡袍，這是一條輕薄的小紗裙，裙邊綴著蕾絲花紋，這是昨晚在尤莉卡的慫恿下換上的。里維斯剛剛看她的時候似乎都有些不好意思，視線幾乎都要飄到天花板上。

安妮又看了一眼衣櫃裡華麗的裙裝，有些不好意思地紅了臉，「不，這個我還是……」

「試試吧！」清掃女僕從華麗繁複的隆重長裙裡，取出一條還算「樸素」的白色裙裝，「這件並不會太華麗，一定很適合您！」

安妮猶豫了半晌，還是往前走了一步，「就、就試一下。」

換上裙襬略微有些蓬起，精緻但並不過分華麗的白色裙裝，安妮好奇地看著鏡中的自己。

她在清掃女僕的讚美聲中羞紅了臉，等到她退出房間，安妮小小地轉了一圈，看見搖擺起來的裙襬忍不住露出了微笑。悄悄看了眼窗外，安妮猶豫再三，還是沒有把這條裙子換下來。

她推開窗，有些不好意思地呼喚里維斯，「抱歉，你在外面等了很久吧。」

里維斯回過頭，一下子愣在原地。

安妮把一頭黑髮挽起在腦後，更加突出了小巧的臉龐，而身上的裙裝也和平時穿著的黑袍有很大區別，精緻的鎖骨上綴著一顆珍珠，讓人眼前一亮。

她低下頭似乎有些不好意思，就像是某位貴族家不諳世事的漂亮小姐。

安妮有些害羞地往裡面躲了躲，「我只是試一試！」

里維斯笑了，他嘆一口氣道：「我剛剛還在想，我是該嫉妒尤莉卡還是該嫉妒菲爾特。」

「那是誤會！」安妮嘀咕起來，似乎有些苦惱到底該怎麼澄清。

里維斯再次躍上窗臺，伸手輕觸她的臉頰，「不過我想，我該先嫉妒那位女僕，她居然能比我先見到妳這副樣子。」

安妮不好意思地提了提裙襬，「我穿這麼漂亮的裙子，真的合適嗎？」

里維斯苦惱地皺起眉頭，「抱歉，我不太會誇獎別人，我得想想該怎麼才能形容妳現在的……」

安妮笑了，「不，不用了！嘿嘿，既然這樣，吃烤肉之前，我要先去給媞絲看看，她應該也還沒看過我穿裙子的樣子！」

她朝里維斯伸出手，「幫個忙，我這樣不太好翻窗。」

里維斯笑著握住她的手，小心地將她抱起，隨後從窗臺上一躍而下。

他帶著安妮在皇宮內穿行，一路來到格林的書房門前，「媞絲一般都跟格林待在一起，我想他們現在應該就在這裡。」

安妮敲了敲門，果然是媞絲前來開門。

安妮一把將她拉出來，然後輕手輕腳地將門關上，「格林殿下在工作吧，我們不要打擾他，看我，媞絲！」

安妮得意洋洋地在媞絲面前轉了一圈，「怎麼樣？我像淑女嗎？」

媞絲忍不住笑了，上上下下打量她一遍，隨後點了點頭，「模樣還可以，就是得意的表情像是一隻搶到香蕉的野猴子。」

「媞絲！」安妮有些咬牙切齒地抗議。

媞絲忍不住哈哈大笑，「好啦，騙妳的，我們安妮也長成一位漂亮的淑女了，看起來簡直就像是一名貴族小姐。我還是第一次見到妳穿裙子呢，這樣很好，妳以後也該多穿穿。」

安妮被她誇獎，又有些不好意思起來，「嘿嘿，我跟里維斯在金獅帝國的事情都處理得差不多了，隨時可以去魔土了。啊，不過要等今天之後，今天我們打算去吃烤肉。」

「不著急。」媞絲溫柔地看著她，「難得打扮成這樣，不好好約個會嗎？」

安妮瞬間紅了臉，「媞絲，妳怎麼……」

「啊呀，難道妳以為自己能瞞過我？」媞絲湊近看她，裝模作樣地捂住心臟，「我可傷心了，我們安妮居然有不告訴我的小祕密了。」

安妮知道她並不是真的傷心，但還是忍不住低下頭，「媞絲……」

里維斯轉頭看著安妮，說實話，他對於「約會」的提議稍微有些心動，但他又覺得現在的情況，他們不該……

媞絲看穿他們的想法，她晃了晃手裡的細菸管，「就算要拯救世界，也得有稍微偷懶的時候，好好休息一天吧，安妮。這樣就算到時候世界沒救了，大家要一起毀滅，你們總算還有過珍貴的快樂回憶，對不對？」

「世界才不會毀滅，我會贏過命運神的！」安妮小聲抗議。

「哈哈。」媞絲伸手摸了摸她的腦袋，「去吧，我的小丫頭，就做一天普通的小女孩吧，就算今天天要塌下來，我也會讓它等明天再說的。」

里維斯看著安妮，朝她伸出手，「希望您願意和我……」

他似乎怎麼都說不出「約會」這兩個字，安妮忍不住笑了，握住他的手。

「等等。」媞絲叫住他們，對著里維斯抬了抬下巴，「把面具摘了吧。」

里維斯有些猶豫，但還是聽話地摘下面具。

媞絲抽了抽菸，瀰漫的煙霧籠罩住他的臉，安妮好奇地看過去，「好像什麼都沒有改變？」

媞絲笑道：「別擔心，至少在沒有暗元素親和力的人眼裡，他已經是另外一個人了。難得的約會，還要戴著面具就太掃興了，去吧，今天誰都不能阻止我的小丫頭約會。」

安妮和里維斯上了街。

安妮邁著比平時幅度更小一些的步伐，背脊挺得筆直，里維斯站在她身邊，動作看起來也有幾分僵硬。

他硬著頭皮說：「安妮，我們是不是應該牽、牽手？」

安妮忍不住紅了耳朵，小幅度地把手放進里維斯的手心，她小聲嘀咕：「里維斯，我總覺得附近的人好像在看我們。」

里維斯有些不好意思地低下頭，「其實我也有這種感覺，但應該……只是因為我們有些緊張吧。」

他們都沒有意識到，兩人在別人眼裡看來，就像是一位悄悄跑出家門的貴族小姐，和一位有些拘謹的英俊騎士，即使只是站在那裡，都讓人忍不住想要多看幾眼。

兩人有些僵硬地牽著手，里維斯忍不住看了安妮一眼，「安妮，妳好像特別僵硬。」

「沒有，只是這件衣服讓我有點不習慣！」安妮矢口否認。

里維斯有些擔心，「是拉得太緊了嗎？」

安妮不好意思地歪了歪頭，「不，也不是，就是穿著這樣的衣服，會讓人不由自主地挺直腰桿，模仿起那些貴族小姐的做派……明明我也不是這樣的人。」

里維斯跟著笑了。

安妮壞心眼地湊過去，「哎呀，不光是我，里維斯你剛剛明明也很緊張嘛！」

里維斯繃起臉，小聲回答：「我、我這是死後的正常僵硬。」

安妮噗哧一聲笑了起來。

兩人似乎總算適應了一開始的尷尬，他們牽著手，隨意又悠閒地走向里維斯推薦的那家烤肉店。

里維斯笑著為她介紹：「之前我還擔心會不會露餡，畢竟那家店，是獅心騎士團一起慶祝的時候常去的店，店主應該對我十分熟悉。幸好有了媞絲的魔法。她的魔法似乎很特別？」

安妮認真地點頭，「媞絲可是很厲害的法師呢！她最擅長關於幻術方面的魔法，那杆菸管是某種鍊金道具，是戈伯特為她製作的。

「戈伯特是一位了不起的鍊金學者，他是在尋找關於鍊金的古老書籍的時候，偶然得到關於亡靈魔法的記載，因為好奇才踏入這個領域。出門在外的時候，他經常會使用鍊金學者的身分。」

里維斯認真地聽著她說起自己家人的事，但安妮說著說著，又有些困惑地歪了歪頭，「說起來，其他人的過去我都知道得差不多了，但媞絲從來沒告訴過我她的過去。她只是含糊不清地告訴過我，她是一名並不走運的可憐女人。」

「那大概是並不怎麼美好的記憶。」里維斯溫和地看著她，「也許這是她不願意提及的部分。」

「也對。」安妮點點頭，沒有再去多想，反而說起了格林，「對了，你跟格林……」

里維斯嘆了口氣，「我告訴他我的想法，但不知道他會不會就此改變主意，畢竟我也清楚他有多固執。說起來，我只知道他身體不好，也還不清楚他到底是什麼樣的病。以前我們總是避免提起這件事，以至於現在想要幫他尋找好的醫師也不知道該怎麼下手。」

「要是早一些就好了。」安妮有些失落地低下頭，「里安娜就是一位了不起的醫師，但是她離開黑塔前就不治病了。她說年邁的醫師會犯很多不該犯的錯誤，她不能再承擔挽救別人性命的職責了。」

里維斯也跟著苦惱地皺了皺眉，但很快他又鬆開眉頭，「沒關係的，菲特大陸有這麼多國家，只要格林還想活下去，一定能找到跟里安娜一樣優秀的醫師的。」

安妮點點頭，忽然拍手說：「啊！我想起一個人，不是，他不是人，是海妖！你還記不記得，海妖的血肉蘊含強大的生命力，之前那個奴隸商人也說他們的血液可以治癒一切疾病，我們可以請藍蛋蛋魚，咳，我是說海涅……拜託他給我們一點點血！」

里維斯深吸一口氣，似乎找到了新的希望，「如果、如果他們願意的話，無論什麼樣的代價我們都……」

安妮露出微笑，「別忘了我們是朋友，一定能找到願意幫忙的好心魚的。」

里維斯被她的說法逗笑了，他抬頭看了看眼前的店鋪，「就是這裡了。」

安妮也抬起頭，店門口的招牌風格相當粗獷，上面寫著：「草原雄獅烤肉店——真正的雄獅食譜！這才是勇猛的騎士該吃的東西！」

安妮無言了。

里維斯已經推開門，看到安妮似乎盯著看板牌發呆，疑惑地叫了她一聲：「安妮？」

安妮回過神，乾笑兩聲，「金獅帝國的大家真的很喜歡獅子啊。」

里維斯眼帶自豪地點頭，「是的，不過我們喜歡的倒不是真正的獅子，而是這個詞在我們眼中，代表著一切崇高的騎士精神。」

安妮深吸一口氣，「好吧，就讓我見識一下雄獅吃的烤肉吧！」

安妮跟著里維斯走進店內，現在正是午餐的時間，店鋪內三三兩兩地坐著不少騎士和戰士，看見安妮和里維斯走進來，一時間表情還有些奇異。

安妮努力維持著得體的模樣，拎著裙襬在餐桌前坐下，身材高大到幾乎有兩公尺的店主拎著半人高的一條長腿，「碰」的一聲砸在了他們面前的桌子上，「今天是雙頭豬的腿肉，切多少！」

安妮略微有些呆滯地吞了吞口水。

里維斯到這個時候才後知後覺地想起來，他是一個不用進食的亡靈，而安妮是一位根本吃不了多少東西的亡靈女巫。

他略微苦惱地皺了皺眉頭，還是伸手比劃了一下，「外圈肉，還有這一部分。」

「喔！」店主很感興趣地看向他，「很有品味嘛！這一部分就是當年的里維斯殿下也讚不絕口喔！」

「嘿，喬治你又在吹牛了，王子殿下也會來平民的店裡吃東西嗎？」有人毫不客氣地笑話他。

另外的客人立刻開口反擊：「你才是新來的吧，年輕人。當初這裡可是獅心騎士團常來的地方，如果不是他們……」

現場短暫地沉默了片刻，隨後有人高舉起酒杯，「敬所有勇敢的騎士！」

所有人都跟著他舉起了酒杯。

里維斯目光複雜地看著他們，彷彿透過他們看見了自己曾經的同伴們，他們也是這樣坐在這裡，偶爾起鬨，偶爾大聲講著不入流的笑話。但關鍵時刻，他們永遠是令人驕傲的騎士。

里維斯露出微笑，「敬所有勇敢的騎士，喬治先生，今天這條腿就都由我買下了，請切給大家一起吃吧。」

「唷，是個慷慨的傢伙嘛！」有人笑著。

「喂，喬治，那趕緊給我來一塊，要大塊！」有人嚷嚷起來。

「知道了，小心吃到走不出門！」喬治笑罵一句，切下里維斯點的肉之後，舉著巨大的豬腿走向其他桌。

安妮看著自己碗裡，明顯比其他人切得更細小的肉塊，忍不住露出笑容，這位店主雖然外表是個粗獷的傢伙，但是內心很細膩嘛。

在這樣熱鬧的氣氛裡，沒有人注意到里維斯根本一口也沒有吃。

「嗝。」有人豪邁地嚥下一大口肉，十分不客氣地靠過來拍了拍里維斯的肩膀，「嘿，小兄弟，看在吃了你的肉的分上，老哥我就教你幾招。」

里維斯正要皺眉，但他已經自顧自開口了，「帶女孩子約會可不能來這種都是臭男人的地方啊，白痴！」

他這一聲罵得中氣十足，整個店鋪內的客人都跟著笑了，里維斯苦惱地抓了抓腦袋，他小聲說：「我現在已經明白了，就是好像明白得太遲了。」

安妮也跟著笑彎了眼。

對方還在碎碎念：「好歹要浪漫一點，比如花園、劇場、哪怕是商店街也可以啊！你這樣怎麼可能留得住這樣的漂亮女孩啊！」

鬼。

里維斯有些手足無措，似乎不知道該怎麼回應這位已經有些喝醉了的酒

「沒關係的。」安妮微微一笑，她故意壞心眼地看向里維斯，「他這種有點傻呼呼的地方，我也很喜歡。」

現場短暫地安靜了一瞬，那位客人憤怒地轉身拍了拍桌子，「可惡，我怎麼就遇不到這種好女人啊！」

現場再次鬨笑起來，整個店內瀰漫著快活的氣氛。

雖然這個約會和安妮想像中有些不同，變得過於熱鬧了一點，但安妮也並不討厭這種氣氛。

她帶著笑聽店內的客人吹噓笑罵，臉上的笑容都沒有消失過。

然而沒過多久店家忽然臉色有點難看地靠過來，「咳，這位客人，我得提醒您一下，腿肉已經被吃完了。」

「什麼？」安妮稍微有些驚訝。

里維斯已經皺起眉頭，他很清楚一條腿肉幾乎能支撐店家賣一整天，就憑店內這些人，怎麼可能全部吃完！

店家朝角落里努了努嘴，示意是那位客人的傑作。

里維斯順著方向看過去，那裡坐著一個體型嬌小，渾身套在兜帽裡的年輕人。根本看不出樣貌，只能看出半個小巧的下巴，但他進食的速度和量，看起來根本不像普通人，甚至可以說……根本不像個人類。

里維斯和安妮對視一眼，同時感覺到一絲不對。

里維斯從口袋裡取出兩枚金幣遞給店家，「那就麻煩你再烤一條吧，也給那位客人。」

店主大概是把里維斯當成了在喜歡的女性面前撒錢顯擺的冤大頭，嘟囔了幾句，見他沒有要改變想法的意思，也就直接進了廚房。

安妮瞇了瞇眼睛，她對著里維斯無聲擺了擺嘴型，「魔族？」

里維斯皺起眉頭，微微點頭。

一開始店裡的食客還在看熱鬧，但等到店主拎著第二條烤豬腿出來，再次擺在那位角落客人桌上的時候，大部分人的目光都被吸引了過去。

他幾乎是狼吞虎咽地把肉塞進了嘴裡，讓人懷疑他是不是根本沒有咀嚼，就連原本氣勢洶洶的店主都越切越心驚膽戰，他終於忍不住開口：「喂，夠了吧，再吃下去你可別撐死啊！」

角落裡的人抬起頭看了他一眼，把盤子裡僅剩的肉塞進嘴裡，拉上兜帽沉默地走出店鋪。

整個店內鴉雀無聲，所有人目視著他離開這家店。

在看不見他的身影後，終於有人忍不住感嘆：「這是什麼怪物啊！」

里維斯看了安妮一眼，他似乎是想跟上去，但又想到今天是他們的約會，於是有些尷尬地站在原地。

安妮優雅地擦了擦嘴，朝他露出微笑，「走吧？吃好飯，該去散步助消化了。」

里維斯鬆了一口氣，朝她伸出手，帶著歉意說：「抱歉，下次……」

兩人也跟著那個奇怪的魔族走出店鋪，安妮低聲說：「別擔心，里維斯，在我眼裡抓魔族和逛逛商店同樣有趣，畢竟我也不是個普通的女孩對吧？」

她朝里維斯擠了擠眼睛，里維斯也忍不住笑了。

Getaway Guide for Necromancer

CHAPTER 4

【魔族派系】

安妮和里維斯一路跟在那個魔族身後，對方看起來並不是很熟悉金獅帝國王都的道路，走起來有些猶豫。兩人並沒有刻意掩蓋身形，就這麼不遠不近地跟在他身後，只要他稍微回頭看一眼，就能看見這兩個並不盡職的跟蹤者。

但是他一次也沒有回頭。

安妮和里維斯一路跟著他在王都轉了大半圈，最後看著他鑽進一條小巷弄。

安妮挑了挑眉毛，「我覺得他發現了。」

里維斯點點頭，「我也覺得。」

但兩人對視一眼，依然沒什麼掩飾地就這麼跟了上去。

那個魔族果然就站在小巷內等他們，他抬起頭，露出的臉看起來和人類也沒有什麼區別，他低聲問：「你們身上有亡靈的味道，是司令官的手下嗎？」

安妮忽然想起之前媞絲好像隨口提起過，說她在魔族是司令官？

安妮臉色有些古怪，她有點記不清了，但無論是不是，也不妨礙她現在冒領身分，於是她笑彎了眼說：「對啊，我是，你是來找司令官的？」

魔族似乎終於鬆了一口氣，他摘下兜帽，安妮這才看見他腦袋上有一對小小的黑色尖角。

他朝安妮走近了兩步露出微笑，「其實我對人類的城市一點都不了解，但是因為我戴上兜帽就很像人類，所以就派我來了。」

他撥開頭頂的頭髮，主動低下頭，「對了，我叫六角，因為我有六個角，雖然乍一看只有兩個。」

安妮有些好奇地湊過去看，果然在他的頭髮裡看見了四個稍微突起的黑色小角，她還來不及感嘆，低著頭的魔族突然張開牙齒尖利的嘴，直接撲咬向她的喉嚨！

里維斯一直注意著這個奇怪的魔族，注意到他的動作立刻一步往前，一把扣住他的喉嚨狠狠把他拉離安妮，並摜到牆上。

安妮並沒有被嚇到，她露出早有預料的微笑，還十分輕鬆地歪了歪頭，「我記得媞絲跟我說過，魔族是無法抑制自己欲望的種族，但萬幸，他們還記得對死亡的恐懼。現在，說出你的真實身分和目的，或者選擇死亡。」

六角試圖掰開里維斯的手，安妮打了一個響指，骨手們伸出來把他固定在牆上，里維斯收回手站到安妮身邊。

六角咳嗽兩聲，有些狼狽地抬起頭，「我說的是真的，我叫六角，是魔王大人讓我來人類的王都尋找司令官的！」

安妮換了一個問題，「那你為什麼襲擊我？」

六角的表情有些微妙，他嘀咕著：「妳身上亡靈氣息那麼濃，我還以為妳是死人……司令官只跟我們說活人不能吃，妳都是死人了，也不讓吃嗎？」

安妮說：「……我是活人。」

「啊？」六角的表情有些詭異，「怎麼可能有暗元素那麼濃郁的人類！」

安妮莫名覺得自己被小看了，她擼起袖子，「別轉移話題，你找司令官幹什麼？」

六角抓了抓腦袋，「因為司令官一直沒有回到魔土，我們就擔心她是不是出事了……畢竟人類那麼狡詐！」

安妮和里維斯表情微妙地對視一眼，六角自顧自地往下說：「真的，我就是來確認一下司令官還活著嗎。進那家店只是因為有人跟我說，不去那家店就跟沒來過金獅帝國王都一樣。」

他說著說著用猩紅的舌頭舔了舔嘴，看樣子還並不滿足。

安妮挑了挑眉毛，「難道是媞絲因為我們耽擱了嗎？她離開魔土多久了？」

「整整四天了！」六角用一種十分誇張地語氣說，「最近的消息都是兩天前的了！」

安妮無言了，好沒耐心的種族啊。

安妮苦惱地抓了抓頭髮，「既然這樣，只好把他帶去給媞絲看看了。對了，魔族有發生什麼大事嗎？這麼急著找她回去。」

骨手鬆開六角，里維斯依然防備著他，但他十分不客氣地跟了上來，半點沒有要逃跑或者還手的打算，「沒什麼大事，但是依然有魔族莫名死亡。很多傢伙快要沉不住氣了，偏偏最擅長安撫的司令官又不在。」

安妮有點天馬行空地想，媞絲該不會是因為特別會安撫情緒，才一路被提拔到司令官位置的吧？

回到皇宮的途中，里維斯有些在意地問：「魔族莫名死亡是怎麼回事？」

六角說：「就是那麼回事啊，突然就死了。雖然說我們族內大家脾氣上來，打架打死人也不是什麼大事，但是最近的事，奇怪在根本不知道凶手是誰。」

安妮的表情古怪起來，「一般都會知道凶手？」

「對啊。」六角篤定地說，「如果是一般的魔族，在爭鬥中勝出，肯定要拎著對方的屍體好好炫耀一番的。對了，屍體旁邊偶爾還會留下一些看起來是人類的物品，所以很多傢伙都覺得這些事是人類做的。」

里維斯瞇了瞇眼，如果魔族的人認定是人類獵殺了魔族，那麼以他們的性格絕對會進行報復。和魔土接壤的只有金獅帝國，這並不是普通的事件，是有人要挑起魔土和金獅帝國之間的戰爭！

而安妮想到，之前媞絲說的，他們會碰巧救下格林是因為追查魔土內的魔族消失案件，他們的屍體被帶去遇襲事件的現場。如果不是有格林和尤莉卡這兩個活口，這件事很有可能就會被當成是魔族做的。

安妮動了動手指，「讓金獅帝國覺得是魔族殺了他們的王室，讓魔族以為金獅帝國的人在偷偷摸摸獵殺魔族。嘶，這個挑撥離間的手法，總讓我懷疑有沒有命運攪和的痕跡。」

里維斯神色微動，說起「七大災」預言裡的那句：「當魔王降臨之時。」

安妮好奇地看向六角，「你剛剛說了魔王大人，魔族已經有魔王了嗎？」

六角的表情有些奇怪，「魔族當然有魔王了，如果有人能夠殺死現任魔王，他就會成為新的魔王。」

安妮皺著眉頭，放棄般轉過頭，「算了，我們還是找媞絲問比較快吧，這傢伙總覺得有些難以交流。」

看到安妮和里維斯這麼快就去而復返，媞絲顯得有些驚訝，等到她看見他們身後跟著的六角，表情一下子變得有些精彩。

在安妮開口說話之前，她抬手制止她出聲，「讓我猜猜發生了什麼。「你們去約會了，然後遇到這個傢伙，他一定惹了什麼麻煩，你們出手控制住了他。等到發現他是魔族，應該從他嘴裡問出了一些東西，以防萬一就打算找最清楚魔族事情的我來問問。是這樣嗎？」

安妮伸出雙手鼓了鼓掌，「一點都沒猜錯喔！」

「呵。」媞絲露出一絲笑容，安妮一看她那個笑臉，就知道她肯定是生氣了。

她姿態妖嬈地走到六角面前，用菸管挑起他的下巴，「我之前才說了大話，今天天塌下來也沒人能夠阻止我的小丫頭約會，結果就是我自己的人前往搗亂了，這可讓我很沒有面子啊，六角。」

六角渾身一顫，「咦？」

安妮伸手拍拍媞絲的肩膀，「好啦，先聽聽他要說什麼吧？」

媞絲冷哼一聲，等聽他說完以後忍不住皺起眉頭，「又開始了？真是不死心的傢伙。」

她回頭看了看安妮和里維斯，為他們解釋：「我還沒有告訴過你們吧，魔族內現在有兩個派系，理智派和縱欲派。因為現任的魔王是個奇葩，他試圖克服魔族的種族天性，想要成為更理智的魔族。

「畢竟過分縱欲的傢伙下場都不會太好，哪怕曾經將半個大陸板塊都劃入囊中的蠻王，最後也被人在競技場斬下了頭顱。」

里維斯默默挺直胸膛。

媞絲笑了一聲，「所以他才會接受我們這種奇怪的人類加入魔族，他想學習人類遏制欲望的能力。」

安妮目光複雜地看著六角，「也就是說……這傢伙居然已經算理智派了？」

媞絲沉重地點了點頭。

安妮沉默了半晌，轉頭提議：「建議格林大哥在魔族開個學校吧。」

媞絲有些頭痛地揉了揉太陽穴，「看樣子我確實得趕緊回去了。」

安妮疑惑地眨了眨眼，「也不用這麼擔心吧？畢竟魔族也已經知道這是陷阱了，不會輕易對金獅帝國做什麼的。」

「這是人類的想法啊。」媞絲無奈地搖搖頭，菸管虛虛點了點乖乖蹲在一邊的六角，「六角，放空腦袋，表演一下如果是縱欲派會怎麼處理這件事。」

六角言聽計從地讓表情變得呆滯，他幾乎是脫口而出：「管他是什麼陰謀，反正跟金獅帝國有關係，那先把金獅帝國的人揍了再說。」

安妮眼睜睜看著里維斯握緊了拳頭。

「咳。」她趕緊清了清喉嚨轉移話題，「既然這樣，我們跟妳一起去。魔王畢竟也是七大災之一，我們得跟他……咦？」

安妮突然又覺得有點奇怪，「這麼說起來，魔王一直存在，但好像也沒有什麼特別符合七大災的表現啊？」

里維斯略微思索了一下，「魔族確實是相當麻煩的鄰居，但他們從不會輕易離開魔土。我們也同樣約束我們的國民，絕對不能越過國境邊界，因此一直相安無事到現在。」

媞絲神色莫名地咬了一下菸管，她站起來，推開格林書房的門，示意他們跟上，轉頭威脅六角，「看著門，不許讓人進來，也不許吃任何東西！」

「是！」六角挺起胸膛立刻答應，隨後響亮地吞了一口口水。

安妮十分懷疑他承諾的可信度。

屋內的格林從繁雜的政務中抬起頭，「怎麼了？你們不是去約會了嗎？難不成這也要好好向我彙報嗎？」

里維斯的表情略微有些古怪，一般人可能聽不出來，但他能夠明白，這種話對格林來說，幾乎能夠算得上是在開玩笑了。

——格林居然也會開玩笑。

里維斯忍不住想笑，這或許代表著他心情不錯，也或許代表著……他願意開始做一點改變。

媞絲相當開門見山地說：「我們得離開了，格林。」

格林收斂起那點並不明顯的笑意，眸光閃動間，他已經考慮了不少，「魔族那邊又有動作了？」

媞絲點點頭，有些苦惱地皺了皺眉頭，「我還以為他們知道金獅帝國和魔族的態度之後，就不會再做這樣的無用功了。」

格林的神情也並不輕鬆，「對金獅帝國來說可能是無用功，但對魔族未必是。魔王一個人無法壓制所有縱欲派，而挑撥縱欲派根本不需要多麼高明的手段。」

媞絲嘆了口氣，「沒錯，有的傢伙你只需要跟他說，金獅帝國的王室說魔族是沒有腦子的臭蟲，他們就立刻提著刀打過來了。」

「哈哈。」安妮笑了兩聲，看他們的臉色才確認他們居然並不是在開玩笑，她驚訝地瞪大眼睛，「不會吧？真的啊！」

「妳當我們在開玩笑嗎？」媞絲有些無奈地看了她一眼，她略微轉頭看了一眼房門，「還有一件事，是一般魔族也不知道的祕密。關於七大災的魔王降臨。」

安妮和里維斯神色一動，兩人同時皺起了眉頭。

媞絲沒賣關子，「現在的魔王並不能稱之為完整的魔王，每一個魔族強大到一定程度之後，都會得到自己血脈中的啟示，聽見他們信奉的混沌神的神諭。

「——萬人骨血鑄就魔王。」

里維斯神色凝重，「我只知道魔族的魔王之位並不是依靠血脈繼承的，只要殺死上任魔王就會成為新的魔王。」

格林微微點頭，「原來如此，無論這件事是不是真的，只要有部分魔族對這個神諭抱有期待，他們就有挑起戰爭的可能。」

「很有可能是真的。」媞絲坐了下來，「魔族的記載中，諸國混戰的遠古時代，他們曾經出現過一位真正的魔王。你們可以翻看當時的大陸地圖，占據了菲特大陸大半版圖的蠻王，唯獨放過了西方大陸的魔土。」

格林立刻站起來，他從書櫃上翻出一卷泛黃的長卷，在書桌上攤開，在場的人都好奇地圍過去。

里維斯伸手點了點金獅帝國西邊的魔土，皺起了眉頭，「居然是真的，從混亂的遠古時代起，魔族的領地就沒有變化過。」

格林苦笑一聲，「也許我們該慶幸這位鄰居並沒有多少對土地的渴望。」

媞絲沉默地抬起頭，「現任的魔王——克里曼斯閣下，他發現了一件事，越是強大的魔族越是容易沉溺欲望，失去理智。尤其是在聽到混沌神的神諭之後……」

安妮第一時間懷疑道：「這個混沌神，不會也是命運神的手筆吧？」

在場沒人能回答這個問題。

短暫的沉默後，格林收起地圖，他看向媞絲，「我明白了，這樣看來，確實應該優先穩定魔族，金獅帝國內我會注意的，你們離開吧。」

媞絲也沒有多說什麼，她看向安妮，「安妮，留一隻傳信骷髏在這裡，如果金獅帝國有什麼大事就透過它傳信，我們可以立刻傳送過來。」

安妮點點頭，打了打響指，一隻身著管家服的骷髏就從她身後邁了出來，優雅地對著在場的各位一一行禮。

安妮輕輕撞了里維斯一下，里維斯點點頭，看向格林，「哥哥，我們會請求臨海城的海妖給予我們一些血液，那個應該可以治癒你的疾病。不過金獅帝國並不臨海，到時候可能需要你安排人手前去接應。」

格林露出有些意外的神色。

安妮笑了，「記得帶些好吃的給他們，我許諾會給他們很多好吃的！這個報酬就麻煩您來付啦！」

格林鄭重地點頭，「我明白，我……謝謝。」

媞絲也微微笑了，「再過一陣子里安娜應該也會回到金獅帝國，就算上了年紀，她依然是個優秀的醫師，你可以拜託她替你檢查一下。」

格林微微點頭，他似乎有些說不出話來。

安妮第一個站起來，「我可不能穿著這身衣服跑去魔族，我去換上我心愛的里安娜特製小斗篷啦！」

她歡快地跑出房門，里維斯有些無奈地跟上去，「慢點走安妮，穿著裙子妳小心摔倒。」

媞絲正要走出門外，格林忽然低低地說：「謝謝。」

媞絲笑了，「你不該先謝謝他們兩個嗎？」

「是的。」格林臉上露出些無奈，「但他們走得也太快了。」

「哈哈，因為誰都能從你那張臉上看出你在醞釀著道謝呢。」媞絲露出壞心眼的笑容，「我可是特地留下來聽你說謝謝的。」

格林有些無奈地笑了，「媞絲閣下，如果我能活很長的時間……」

「那就來打賭吧。」媞絲抽了一口菸，裊裊的煙霧籠罩下，讓人看不透她的表情，「如果你能活得比我久，就當是你贏過了亡靈女巫，你永遠擁有靈魂的自由。如果還是我活得比較久，那就是你輸了，你會成為我的眷屬，成為我榮耀的收藏品。」

格林微微點頭，「我想無論如何都是我占了便宜。」

「呵呵。」媞絲掩唇笑道，「小心一些，格林閣下，可沒有人能占我的便宜。」

安妮他們離開的第三天，里安娜來到了金獅帝國的王都。

她熟門熟路地傳送進皇宮內，確認沒有人看見她的模樣，這才走到格林的書房門口，敲了敲門。

「請進。」門內傳來格林的聲音。

里安娜打開門走進去，她有些意外地看著格林身邊站著的骷髏管家，對方似乎也有點意外，快步上前行了一禮。

里安娜拍了拍它光潔的骷髏頭，眼帶懷念，「好久不見了，老朋友，既然你在這裡，安妮呢？」

格林帶著歉意說：「抱歉，他們剛剛離開這裡，前往了魔土。」

里安娜沉默地收回手，許久後長長地嘆了一口氣，「這樣啊，我們又錯過了。」

說完了，她像是生悶氣一般在椅子上坐下來，碎碎念地嘀咕著：「哼，也不等等我老太婆，怕不是長大了根本不想奶奶了。」

格林露出微笑，「不會的，她很想念您，還跟我說起您是一名了不起的醫師。」

「呵呵。」里安娜微微一笑，「那都是過去的事了。」

格林微微點頭，「即便如此，您擁有的知識還是令人尊敬，實不相瞞，我的身體狀態不是很好，里維斯和安妮拜託海妖族給我一些血液。」

里安娜皺起眉頭，「海妖族的血液蘊含強大的生命力，這在治癒皮肉傷上有奇效，但在治癒疾病方面卻並沒有那麼神奇。」

「果然。」格林眸光閃動，微微低下頭，「還是多謝您。」

里安娜溫和地看著他，「不要擔心，孩子，如果是體質虛弱相關的病症，海妖的血液也是一味好藥。就算無法根治，他們的血液也能讓將死之人多活一兩年，在這段時間裡，一定能找到新方法的，不要放棄希望。」

格林有些洩氣地撐了撐額頭，「我明白，現在我即使多活一天也是好事，是我好不容易燃起希望，有點患得患失了。」

里安娜微微一笑，「我會暫時留在這裡，別擔心，雖然我上了年紀，但在調理身體方面，還是能夠幫得上忙的。」

「非常感謝您。」格林真誠地道謝。

里安娜露出笑容，「如果是這樣的話，你想當我的孫子嗎？」

格林微微一愣，但他沒有在臉上表現出失禮，禮貌地回應：「要成為我的長輩需要加入金獅帝國王室，還要將您的畫像掛進歷史之廊，這件事需要超過半數的大貴族同意，還需要……」

「算了算了。」里安娜微微搖頭，「這也太麻煩了。」

格林不動聲色地鬆了口氣。

魔土。

安妮好奇地打量著周圍，這裡氣候炎熱乾燥，建築物也大多十分隨性，似乎就是主人隨手一搭。

從他們踏進這片土地開始，周圍的魔族就絲毫沒有掩飾自己打量的目光，即使在魔王親衛六角、魔族司令官媞絲的帶領下，他們依然蠢蠢欲動。

安妮十分擅長入境隨俗，既然對方也不怎麼禮貌，安妮也毫不客氣地看了回去。魔族的長相都很有特點，有些會有角，有些有蜥蜴般的鱗甲，還有些擁有奇異的膚色。

如果光看臉蛋，要嘛美貌異常，要嘛醜得千奇百怪，根本沒有普普通通的長相。

安妮忍不住感嘆一句：「真是從外表到內在都十分有個性的種族啊。」

接近魔王居住的宮殿時，里維斯居然還有些驚訝，「這座建築……實在是正常得讓我吃驚。」

媞絲也忍不住笑了，「是吧？見慣了他們奇奇怪怪的房子，突然看到這麼正常的屋子，都會讓人覺得詭異。」

他們一路走上去，忽然整個地面震了震。

然而並沒有人驚慌，他們只是冷眼看著宮殿內部走出來的一位女士，她身材火辣，有一身太陽晒出的健康膚色，手裡拎著一柄巨錘——剛剛就是這東西砸到地面造成的震動。

「我還以為妳躲到哪裡去了，媞絲。」女魔族眼露凶光，「今天我一定要把妳撕碎！」

媞絲苦惱地看著磚塊迸裂的地面，「黑，妳又把地面砸壞了，我不是告訴過妳，妳打架得去建築外面！」

「少廢話，我今天就要把妳……」她話才說到一半，地面忽然又震動了一下。

安妮嘀咕了一句：「不會是另一個魔族拎著更大把的錘子出來了吧！」

里維斯露出無奈的笑意，他看見宮殿深處確實走出來一個人影。

他身高幾乎超過三公尺，在這座宏偉的宮殿裡顯得頂天立地，剛剛的震動只不過是他走路的晃動，他低下頭，把這位並不嬌小的女魔族籠罩在自己的影子裡，低沉的聲音響徹宮殿，「妳要打擾我的客人嗎？」

女魔族渾身顫抖著摔倒在地，她猛地搖了搖頭，「不，魔王大人……」

安妮目光複雜地看著這位小山一般的魔王，他身材高大肌肉虬結，渾身的皮膚赤紅，頭頂有一對黑羊角，身後還有一根粗壯的蜥蜴尾巴。

——這和她想像中的理智派魔王不太一樣啊！

魔王克里曼斯打量著他的客人們，他朝媞絲點點頭，「媞絲，妳回來了，麻煩妳先招待我的客人們坐下，我派人找來一些人類的茶，但那群笨蛋根本不知道怎麼泡，只能拜託妳了。」

媞絲掩唇笑道：「哎呀，這可真是讓人受寵若驚。」

她帶著安妮和里維斯並不停留地越過那位女魔族，而六角留在了魔王身邊。安妮一邊往裡走，一邊好奇地往回看，「他還打算做什麼？」

媞絲目光沒有一絲波動，「魔族可不是做錯事道個歉就好的種族，她得付出代價。」

安妮看著魔王克里曼斯在女魔族面前蹲下，「我畢竟是魔王，在有客人來的時候，如果有人在我的宮殿大鬧，會讓我威嚴掃地的，妳得明白這點。」

「沒錯。」六角在一邊附和，「會讓人覺得魔王不被懼怕。」

「我、我知道了……」女魔族的聲音越來越低。

安妮目光複雜，「居然是拉著她講道理啊！」

魔王站了起來，「看樣子妳也知道錯了，下次可不能再做這樣的事了。」

「是、是的！」

魔族剛剛答應，魔王猛地揮出一拳，看著那個女魔族帶著那柄巨錘一起飛了出去，就像一顆被丟出去的小石子一樣。

魔王低頭看向六角，「把地上的血擦擦乾淨，不要讓客人覺得魔族很骯髒。」

六角十分興奮地答應：「沒問題！交給我吧，大人！」

安妮張了張嘴，「這……那個魔族會死嗎？」

「不會，如果沒有其他魔族趁機落井下石要殺了她的話，就不會有生命危險。」媞絲嗤笑了一聲，「魔族可是相當耐打的，不然這個種族大多數都活不到成年。」

安妮想了想他們的性格，認真而贊同地點點頭，「確實。」

等到他們在會客廳坐下，媞絲為他們沖泡了不知道魔王從哪裡弄來的茶葉，魔王克里曼斯才再次出現。

他這次和剛剛有些不同，安妮注意到他脖子上掛了一個……小巧的黑色領結，這個發現讓她驚訝地張了張嘴。

魔王克里曼斯注意到她的視線，有些不好意思地笑了笑，「啊，這也是我從人類那邊買到的，據說會見重要客人的時候就要戴上，雖然我戴這個可能有點滑稽。您覺得我怎麼樣？」

雖然這確實有些不合適，但安妮想起了剛剛被一拳打飛的女魔族，為了避免爭端，還是違心地說：「很特別，還是挺可愛的！」

「哈哈，這可太好了！」魔王很高興地抓了抓頭，他一動作，整個房間的地面都微微震顫起來。

媞絲清了清喉嚨，「好了，克里，人類世界的見聞之後再說，先跟你說點重要的事，關於七大災的真相。」

克里曼斯微微點頭，擺出了嚴肅的面孔。

聽完媞絲的講述，克里曼斯低聲念著那些詞句，「世界未完成之地，南部的無盡之海，北部的雪山盡頭，還有西部的魔土深淵嗎？如果是這樣，我想另一個地方應該是東部翡翠之城的迷霧林，也就是世界之樹所在的地方。」

安妮點了點頭，「事實上我們正打算過去，不過恐怕命運神會在半途攔截我們，所以打算先試試能不能從深淵得到生命女神的啟示。」

克里曼斯點了點頭，「那麼，我稍微跟你們講一些關於深淵的事情吧，在魔族的傳說中，那裡是我們信奉的神明——混沌神的居所。

「魔族的傳統是，當一個魔族戰勝了一百個同族之後，就有資格前往深淵邊緣。此時混沌神會降下神諭——『萬千骨血鑄就魔王』，聽到這句話就意味著，你擁有了競爭魔王的資格。」

里維斯皺了皺眉頭，隨後表示理解，「即便是看似混亂的規則下，也有一定的合理性，這算是對實力的初步篩選嗎？」

「沒錯，同時也是給魔王的警示。」克里曼斯露出回憶的神色，「我記得我剛剛走出深淵，上一任魔王就已經在那等著我了。他讓我臣服或者死，而我從他手中奪走了魔王的稱號。」

儘管他說得很簡單，但安妮還是覺得一股血腥味撲面而來。

克里曼斯露出思索的神色，「原來深淵裡不只有混沌神，怪不得……」

安妮好奇地追問：「什麼？」

「或許是我多想了。」克里曼斯不好意思地抓了抓腦袋，但他還是說了出來，「我在接受混沌神神諭之後，還隱隱約約見到了一道光，一道很溫暖的光。一般的魔族越強大，頭腦就會越簡單，越容易被欲望控制，現在回想起來，我也許是從那個時候起，變得和其他魔族不一樣的。

「聽妳這麼一說，或許是我在無意中被其他的神明眷顧了。」

安妮點了點頭，「我想神明應該會特別庇護信奉自己的種族，所以無盡之海見到生命女神的可能性最大，而光明神會出現在臨近白塔國的雪山盡頭。我們是想見生命女神，來這裡，也只能是碰碰運氣了。」

她沒好意思說的是，萬一出現的真的是混沌神，她還想問問能不能幫忙叫一下生命女神。

「原來如此，我會帶你們去深淵。」克里曼斯沒怎麼猶豫就點了頭，「但有一個條件，我希望跟你們一起去。

「我認為魔族沉溺於欲望的天性，會是我們將來毀滅的導火線，如果真的能見到神明，我也想祈求祂給予我們啟示。」

他顯然也是個急性子，說起這些事就迫不及待地站起來，其他的似乎打算邊走邊說了。

「等等。」媞絲稍微有些無奈，「克里，你忘了讓六角去金獅帝國找我，是為了什麼嗎？魔族又有人被殺死了？」

「是的。」克里曼斯嘆了一口氣，「剩下的妳就問六角吧，他會告訴妳一切。我把這件事交給妳了。媞絲，用不著為難，如果有人阻攔妳，妳可以殺死任何人。」

媞絲聳了聳肩，「那看樣子我是不能參與深淵旅行了。一定要照顧好我的小丫頭，克里，她是我很重要的人。」

克里曼斯低下頭看了安妮一眼，他點點頭道：「放心，至少在魔土，在我的領地上，我不會讓她出事的。」

里維斯握著腰間的劍，這是在他們離開前格林給他的。這樣的佩劍是他們成年的時候父親贈予的，三兄弟每人都有一把，里維斯那把斷在白塔國，菲爾特的在王室襲擊中丟失，現在只剩下格林的這把。

因為主人身體孱弱幾乎派不上用場，才能保存得完完整整，格林把它交給了里維斯。

里維斯微微抬起頭，「抱歉，魔王閣下，但保護她是我的職責。」

安妮張了張嘴，她想說梅斯特曾經說過，只要沒有神降，她就能在菲特大陸橫著走。她甚至都是神明親自認定的半神級別強者了，論戰力她才是在場最高的！

但她看了看里維斯的側臉，還是體貼地沒有出聲——偶爾也要照顧一下男孩子的自尊心，也要理解一下媞絲為自己操心的好意，還有魔王殿下的面子也要顧及。

安妮想，她可真是一個強大又懂事的大法師，她露出微笑，「那就拜託你們啦！」

Getaway Guide for Necromancer

CHAPTER 5

【神的職責】

魔王克里曼斯隻身帶著安妮和里維斯前往深淵，就連六角都沒有帶上。

魔土的深淵是個還算熱鬧的地方，不少對魔王的位置有所企圖的魔族，會每天跑到這裡來看一眼目標激勵自己，也有試圖走捷徑，看看自己是不是那個沒打倒一百個人也能被神明眷顧的幸運之子。

魔王出現在這裡，立刻吸引了無數或狂熱或警覺的目光。

「魔王居然會來到這裡……」

「嘿嘿，還差兩個還差兩個！」

里維斯的表情略微有些古怪，他大概是從來沒想過，王出行的時候會得到這樣的反饋。

深淵的邊界站著一個頭上只有一隻角的年輕人，他似乎正打算走向深淵，忽然察覺到了身後的騷動，猛地回頭看向克里曼斯。

他露出有些猙獰的表情，咬牙切齒地說：「你來了啊，克里曼斯！」

「嗯？」

魔王有些疑惑地看了他一眼，似乎不記得他是誰。

獨角年輕人冷笑一聲，「別裝傻了，你知道今天我就要去獲得神諭，才會來這裡的吧？哼，等我出來，我就取下你的腦袋和王位！」

克里曼斯皺起眉頭，「你現在要去深淵？不行，你得等一等，先讓客人去。」

「什麼？」獨角年輕人氣得跳腳，「老子憑什麼要讓路給別人！」

克里曼斯彎下腰，他伸出手掌捏住年輕的腦袋，微微側過身，巨大的身軀造成了讓人窒息的壓迫感，但他神情平和，語氣也毫無波瀾，「我說，讓你等一下再去，明白了嗎？」

獨角年輕人微微顫抖起來，安妮注意到剛剛還竊竊私語的魔族們一下子安靜下來，不論臉上的表情如何，動作倒是十分一致地跪了下去。

安妮站在原地，好奇地看著那個獨角年輕人顫抖著吐出一個「好」。

克里曼斯鬆開了手，語氣溫和地說：「這才是好孩子，要懂禮貌。」

他伸手拍了拍對方的肩膀，對方卻像是沒有骨頭一樣一下子摔倒在地，他有些不好意思地抓了抓頭，回頭看了安妮一眼。

他面帶歉意地說：「抱歉，安妮閣下，我差點忘了妳還在這裡，幸好您相當強大，並不會被我的威壓影響。請跟我來吧，前面就是深淵了。」

安妮臉色古怪地看了看里維斯，「他是在試探我的力量嗎？還是我多想了？」

里維斯也稍微有些猶豫，「或許是真的忘了？畢竟魔族，無論理智派還是縱欲派，看起來都不是會拐彎抹角的傢伙。」

安妮鄭重地點頭，「有道理。」

兩人跟了上去。

三人一起站在了深淵邊緣，這裡有一條巨大的裂縫，看起來就像是菲特大陸的一道傷疤，裂縫下面瀰漫著肉眼可見的詭異黑霧，一眼望不見盡頭，也看不見對岸。

魔王克里曼斯提醒他們：「朝下看的時候小心點，有魔族曾經想要下去以顯示自己的勇猛，但他只是沾上了一點黑霧，就憑空消失了，再也沒有回來。」

安妮踮著腳尖往下看了一眼，里維斯伸手拉住她，「安妮，別胡鬧。」

「好啦。」安妮笑道，他們能做的似乎也只有等待，為了打發時間，安妮好奇地問克里曼斯：「魔王閣下，你之後還聽過混沌神的神諭嗎？」

魔王略微搖頭，「每個魔族一生都只會聽見一次神諭，當然，也有很多魔族在聽到神諭前就死了。不過我也不知道覺醒成為真正的魔王，會不會有機會聽到第二次神諭。」

安妮點點頭，正要再問點什麼，她忽然神色一動，看見深淵盡頭濃重的黑霧裡，顯現出了一團眼熟的溫和光芒。

毫無感情的女聲傳來，「**安妮，去找世界之樹**。」

安妮鬆了一口氣，又有點擔心來的會不會是類似女神神念的東西，畢竟上次祂就只會翻來覆去說一句話。

安妮試探著問：「是……尊敬的生命女神嗎？您的信徒希望您給予啟示。」

光芒略微閃動，很快，一道毫無感情的女聲從中響起。

「**妳並不是我的信徒**。」

安妮：「……」

儘管有些不合時宜，里維斯還是忍不住抖了抖嘴角，他咳了一聲，掩蓋自己露出的一點笑意。

安妮小聲地解釋：「雖、雖然不是您的信徒，但我同樣對每個生命充滿尊重。」

這倒不是說謊，而生命女神看起來也並沒有打算在這方面為難她。

生命女神開口：「**妳見了光明**。」

「是的，光明神閣下告訴我很多事情。」安妮如實回答。

「**凡人不該打探神的祕辛。**」生命女神的聲音依然沒有一絲波動，「**在妳成爲神之前……只有這一次。**」

安妮聽出了言外之意，「明白了！就是這次得把該問的都問清楚，對吧！里維斯，快幫我想想從哪裡問起……」

里維斯拍拍她的肩膀，安撫她的緊張，「不如就從，為什麼這次可以例外問起吧。」

安妮微微一愣，是啊，既然神明的祕辛不能告訴凡人，為什麼這次會例外？這似乎並不能單單用生命女神的寵愛來解釋。

生命女神答應會解答，因此並沒有猶豫，「**因爲神背棄了自己的責任。我需要妳幫我做一些事，自然也該給予妳相應的獎賞，這是公平的。**」

安妮有了猜測，「是命運神背棄了自己的責任？是什麼樣的責任？」

生命女神沒有直接回答，她反而問：「**安妮，創世神爲什麼會留下神格？**」

和神明打交道可真麻煩，但安妮也只敢在內心嘀咕幾句，表面上還是認真回答：「因為、因為祂想要創造更多的生命，最初的生命無知且弱小，需要神的教化，也許是六個神忙不過來，需要更多的幫手？」

生命女神道：「**創造擁有生命的世界，這是創世神的意志，也是由祂體內誕生的六位原初神，我們的意志。我們尋找新的神明，承擔起責任，創造七十二個完整的世界。**」

——七十二。

這個數字讓安妮聯想到了什麼，她有些不太確定地猜測，「七十二位神明，七十二個世界，每個神明都要創造自己的世界？所以光明神才會說這是命運的世界，這個世界確實是命運神所創造的？」

怪不得之前祂和光明神對話的時候，用了一副處理家務事的語氣……安妮眉頭緊皺。

里維斯有些困惑，「既然這樣，為什麼這個世界還會有信仰光明神、生命女神、混沌神的種族存在？不應該有更多的人信仰命運神嗎？」

生命女神道：「**創造一個世界，不是一位神明就可以做到的事。命運的世界誕生之初，諸位神明都會降下神賜，我創造了海妖一族，混沌創造了魔族，光明選擇給予一部分人類神啓。**

「諸神的神力支撐著未完成的世界運轉，但之後我們就不能直接降臨這個世界，只是偶爾透過世界未完成之地降下神諭。」

安妮小聲嘀咕：「怪不得只有命運神能夠神降。」

生命女神道：「**祂不該神降，除非遇見滅世之災，否則神明不該隨意顯現。**」

一直認真聽著的魔王克里曼斯，似乎終於找到自己可以插嘴的地方，他問：「命運神開始頻繁顯現是在祂降下七大災滅世的預言後，所以有可能這個滅世的預言只是一個幌子，祂只是想透過『滅世之災』這個理由，隨意干涉這個世界？」

安妮一臉震驚地看著他，魔王不好意思地抓了抓頭，「啊，是我猜錯了嗎？」

「不。」安妮眼露崇敬，「我只是沒想到魔族也會考慮陰謀，您真是一位了不起的魔族。」

克里曼斯彷彿被授予了巨大的榮譽，驕傲地挺起胸膛。

「**或許吧，我並沒有命運的權柄，不知道命運長河給了祂怎樣的啓示。**」

生命女神的聲音依然沒什麼波動，「**但唯有一件事——祂只是命運的見證者，不是命運的操縱者，即使身爲命運神，如果試圖利用命運，也只會落到被命運玩弄的下場。**」

安妮困惑地看了里維斯一眼，「如果這是命運神自己創造的世界，那我就更不明白，為什麼祂會想毀滅這個世界了。」

生命女神這次沒有立刻回答。

祂似乎在斟酌，最後依然選擇開口：「**這涉及到神的死亡**。

「**世界不是憑空而來，需要取出神格作爲世界基石，當完整的世界誕生，神格便與世界合二爲一，再也無法分割。而失去神格的神明，一旦失去信徒的信仰之力，就會消亡**。

「**命運窺見了自己的將來，祂不願就此消亡，祂要毀滅這個世界，取回自己的神格**。

「**一開始我們沒有察覺，因爲創造世界本來就是艱難的，失敗也是相當正常的。尤其是誕生之初的世界，一場暴雨，一陣狂風都有可能把一切毀滅。命運原本應該也是打算暗中推動，讓這個世界自然滅亡，但似乎出了一點變數**。」

安妮覺得生命女神似乎在打量著自己，她下意識挺直背脊。

生命女神道：「**半神的存在會引動其他神明的關注，我們因此注意到命運的打算**。」

安妮用力點了點頭，「我明白了，那麼既然祂違背了神的責任，其他神不能出手相助嗎？實話說，就憑我要跟神明正面對抗，也實在是有些……」

她想，命運神神降之前都是待在神界的，讓神明在神界對命運神出手，不比讓她一個凡人直接和神對抗來得可靠嗎？

生命女神道：「**如果我在神界殺死命運神，這個由命運創造的世界也會立刻崩塌。**」

「這可麻煩了。」安妮皺起眉頭，神界的神明不能殺死命運神，也就是他們要在不殺死命運神本身的情況下，阻止祂毀滅這個世界。

怎麼想都是一件無解的事情。

而魔王克里曼斯則注意到另外一點，他神色有些震動，低聲問：「尊敬的生命女神，神明也能被殺死嗎？」

里維斯也抬頭看向那團光芒，神明的消亡是一回事，而殺死神明又是另一回事了。

「**在爲神格尋找到合適的主人之前，我會暫行祂們的權柄。**」生命女神頓了頓，「**安妮，這和我將要賜予妳的死神神格有關。**」

「死神？」安妮瞪大眼睛，「所以死神原來真的還不存在，怪不得亡靈法師的咒語都是向死亡本身禱告。」

生命女神道：「**祂是冥界之主，祂是萬物死刑的執行者，也是所有生命的盡頭。祂是唯一能夠殺死神的存在，無論神明還是人類，凡生者，唯有死亡無可避免。**」

里維斯皺起眉頭，「但無論您給她的神格有多麼特殊的能力，在安妮沒有成為神之前，都毫無用處。」

「**去世界之樹。**」生命女神簡短地提示，「**那裡是世界之門，我能撬開一點大門，只需一瞬間，我能讓妳得到那顆神格。**」

安妮苦惱地抓了抓腦袋，「問題是命運神絕對不會讓我去那裡的吧？」

這回連生命女神都沉默下來，祂開口：「**我會阻止祂的真身降臨，祂只能藉由容器神降。神降需要生命力極其旺盛的容器，每次神降都會極大地消耗容器的生命力，或許你們可以考慮破壞祂的容器。**」

里維斯猛地握緊拳頭。

安妮沉默許久，「這就是祂選擇對金獅帝國下手的原因嗎？他們不信仰神明，所以沒有被庇佑，即使整個王室覆滅也不會引發其他神明的關注。更何況菲爾特和里維斯同樣擁有過分旺盛的生命力。」

里維斯悲傷地垂下眼，「因為已經用我的王者之運和吉斯做了交易，所以只能選擇菲爾特。」

魔王克里曼斯抓了抓腦袋，「魔族也是生命力旺盛的種族吧？」

生命女神沉默了片刻，「**我並不清楚祂的選擇標準，但命運神曾經是人類。原初神絕對公正，絕對繼承神的意志，但曾經身爲人類的命運神，在接受了神賦予的神性的同時，也保存著一部分人性。**

「祂會膽怯，會逃避責任，會有偏好，我會負起責任糾正祂的偏失。」

安妮沉默地看著祂，看著這位高高在上的神明，她用力眨了眨眼，「我也是人類。我也沒有生來崇高的職責，我也不知道為什麼您會覺得我能承擔死神的職責，我只是被命運推著往前走而已。」

她深吸一口氣，「但是我有想保護的人，我願意為此而戰。

「知道了世界的本質和神明的祕密，對我而言也沒有什麼區別，我要做的事還是一樣的。如果我真的到達了世界之樹，得到了死神的神格，我該怎麼做？如果殺死命運神的話，這個世界依然會毀滅的吧？」

生命女神道：「**用死神之鐮將他釘在生命之樹上，之後尋找一位新的命運取代祂的神格。**」

安妮沉默下來，她微微點頭，露出微笑，「我明白了，雖然不知道會不會半路被命運神抓住，但我會去的。」

生命女神沉默片刻，祂用毫無波瀾的語氣說：「**擁有神的權柄，也要承擔神的職責，未來的死神閣下，妳應該會比他們更好地理解這點。**」

安妮看向魔王克里曼斯，示意他自己的問題已經問完了，他可以開口了。

魔王微微點頭，撲通一聲半跪在深淵之前，他虔誠地低下頭，「尊敬的生命女神，我在探尋魔族的未來。魔族天生無法克制自己的欲望，我們究竟該做些什麼，才能夠改善這個缺陷？」

生命女神道：「**世界需要黑與白、光與暗、善與惡同時存在，魔族的欲望、海妖的好奇心、精靈的正直，這都是諸神的賜予，你們都擁有自己的職責。**」

「難道這是注定的嗎？」克里曼斯的眼中一片悲愴，「慈愛的神明啊，擁有這樣的特質，我們很容易就會成為禍亂的開端，成為戰亂的導火線，這樣的種族，遲早會被滅亡的。既然我能夠抑制自己的欲望進行思考，我的同胞們、他們一定也可以的！」

生命女神略微沉默，隨後祂開口：「**這裡還不是一個完整的世界，諸神**

的權柄支撐著一切。當世界完整，自身孕育出完整的法則，特質將穩定爲特質，而不是絕對。」

克里曼斯還是有些困惑，安妮卻聽懂了，「祂的意思應該是，魔族難以控制欲望只是特質，而因為諸神強加在這個未完整世界的權柄，這份特質目前相當於絕對的『規則』。等到世界完整的時候，特質就只是特質，那時候說不定就會有溫柔的魔族、善良的魔族啦。」

克里曼斯眼中閃過一絲明悟，他低下頭，「我會等待這一天到來的。」

柔和的光芒漸漸散去，三人在深淵邊沉默下來，安妮轉頭看向里維斯，她伸手拉住他，「別擔心，里維斯，我們不會把菲爾特當作籌碼。」

里維斯微微搖頭，反握住她的手，「我也在擔心妳，安妮。在沒有神格之前，神明殺死凡人簡直易如反掌。之前祂沒想到妳能憑藉冥界之門稍加阻擋，這次，祂不會再給我們喘息的機會了。」

魔王克里曼斯皺起眉頭，隨後下定決心般說：「我跟你們一起去。」

安妮噗哧一聲笑了出來，「你前腳離開，後腳魔族就能興高采烈地把你的宮殿拆了，說不定拆完你的再跑去金獅帝國拆格林的。你還是留在這裡好好鎮壓魔族吧！」

克里曼斯張了張嘴，最後還是苦惱地抓了抓頭，「雖然想說不會的，但我想了想他們確實有可能做出這樣的事情。」

「走吧，回去吧。」安妮故作輕鬆地伸了伸懶腰，她轉頭看向克里曼斯，「對了，拜託你一件事。不要告訴媞絲命運神可能在翡翠城等我，她會擔心的。」

克里曼斯無言地看著她。

安妮笑了，「你應該明白的，面對神明，即使再多人去也沒有用的，我只能靠自己，就別讓她擔心了。」

「安妮。」里維斯皺起眉頭。

「那如果是你，你會告訴格林、告訴尤莉卡嗎？」安妮歪頭看向里維斯。

里維斯沉默下來。

三人沉默地往魔王的宮殿走去，臨近門口，安妮好奇地東張西望了一眼，「咦，居然沒有魔族衝出來要挑戰嗎？我還以為走到什麼門口之前一定會被攔一下，是你們魔族的特別習慣呢。」

克里曼斯哈哈大笑，「我現在心情不太痛快，如果有人來找麻煩，我可不會手下留情。」

「真巧，我現在心情也很不痛快。」媞絲拿著菸管，腳步匆匆走到了宮殿門口，臉上是肉眼可見的焦躁。

媞絲身後跟著不敢說話的六角，低著頭一副做錯事的樣子。

「怎麼了？」克里曼斯問了一句。

媞絲嘆了口氣，「六角抓了一名魔族，說是近日魔族凶殺案的殺手。」

「那不是好事嗎？」克里曼斯眉頭一皺，「難道是魔族內有名望的傢伙？那也沒關係，交給我來處理，他在哪裡？」

媞絲指了指宮殿內部，「別衝動，克里，那不過是個小嘍囉。問題是，剛剛把他抓來沒多久，小巷裡又死人了，和之前的手段一模一樣。」

克里曼斯無言了。

六角把頭垂得更低，「是、是他自己說是他做的！我就把他抓回來了，誰知道他是胡說啊！」

「他喝了那麼多酒說的話你也敢信！」媞絲頭痛地揉了揉腦袋，看向同樣無言以對的克里曼斯，「剛剛你離開的時候，已經有一群傢伙來鬧過一次了，被我迷暈拖回去了。」

安妮好奇地問：「他們是不滿抓錯了凶手？」

「沒有，他們只是趁機鬧一鬧。」媞絲翻了翻白眼，「還有人光明正大地汙衊自己的仇家，說看見他殺人。託他們的福，現在所有的魔族都在胡說八道，半點線索也查不出來了。」

聽起來就覺得相當麻煩。

安妮嘆了口氣，「好吧，在我們離開之前，先幫魔王把這件事處理完吧。」

克里曼斯詢問地看她一眼，「這樣好嗎？妳看起來還有事情要做。」

「不著急。」安妮擼起袖子，擺出一副凶狠的嘴臉，「先讓我看看是哪些混蛋敢讓媞絲頭痛，我要把他們通通掛到宮殿門口風乾示眾！」

媞絲忍不住掩唇笑了起來。

里維斯也認真考慮著這件事，「每次都沒有目擊者嗎？受害者有什麼特點嗎？」

媞絲微微點頭，「沒有人看見，被殺的倒也都不是什麼厲害人物，是從背後一擊斃命的。」

安妮摸著下巴考慮，「那就是每次都是趁沒人的時候下手的？嘿嘿，不然我們放個鉤子引他出來？」

沒過多久，魔王頒發了宵禁法，日落之後不允許任何一個魔族在大街上遊蕩。

頒布法令的方式也十分簡單粗暴，六角站在魔王的宮殿之前，扯著喉嚨把以上內容吼了一遍，隨後害怕岔氣般清了清喉嚨，「咳！沒聽見的，聽見了也當沒聽見的，到時候都給我當心點，我會仔仔細細再告訴你一遍，然後揪下你只有擺設作用的耳朵！」

「我的耳朵早就被人咬掉了！」一個早就在打架中失去耳朵的魔族絲毫不捧場地大聲嚷嚷。

六角沉默地站在宮殿門口冷靜了三秒，最後還是氣急敗壞地追了出去。

魔族們立刻嘻嘻哈哈地起鬨，看戲一般看六角去追那個沒耳朵的傢伙。

一開始魔族們根本沒把這回事放在心上，但很快他們就意識到，克里曼斯是認真的。

太陽下山之後，魔王克里曼斯親自來到了街上，把那些沒把宵禁法當回事，依然在外遊蕩的魔族們一拳一個揍回家裡。當然，他也不可能記得所有魔族的家在哪，也就是隨手一扔，是不是對方的家也無所謂，反正現在這群魔族是不敢出來了。

擁有小山般身軀的魔王就在外面巡邏，大多數魔族只能湊合著在別人家住一晚。

夜幕終於降臨，一向喧譁嘈雜的魔土居然難得有了一刻寧靜，皎潔的銀月下，就連魔族奇形怪狀的建築都顯得有幾分天真可愛。

街道上忽然響起「吱呀」一聲，有一名魔族小心翼翼地推開門，探頭探腦往外看了幾眼，確認克里曼斯此刻並沒有在街道上站著，這才得意洋洋地走出來。

有了他帶頭，幾個時刻觀察著外面的魔族也按捺不住地打開房門，躡手躡腳地走出去。

這群魔族也知道，他們現在是偷摸出來的，如果吵醒克里曼斯……那這次可就不是被砸回家裡這麼簡單了。

很快他們就發現，這麼冷冷清清的街道，酒館也不開門，連找人打架都怕吵醒魔王。

——沒什麼意思。

不少魔族搖搖晃晃在外面溜達一圈，感受了一下違背魔王命令的快樂，又晃來晃去地打算回屋了，有的魔族甚至單純把夜晚出門這件事，用來炫耀自己膽敢違背魔王的勇氣。

在大多數魔族樂此不疲地悄聲在門口跨出去又跨回來的同時，有一名似乎喝醉了酒的魔族晃來晃去腳步虛浮地走向別處，他張望著嘀咕：「酒呢？哪裡有酒……」

眼看他步履搖晃著拐進一條小巷，根本沒注意到，自己身後悄然跟上一道人影。

醉醺醺的魔族在地上的雜物裡翻找著酒水，身後的黑影忽然一閃而過，亮銀色的寒光晃動，那個魔族的腦袋就骨碌碌地落下來。

身後全身籠在黑袍裡的人影就要撤走，那個落在地上的腦袋忽然笑了，在月光下發出了瘮著氣的嚇人笑聲，「上鉤了、上鉤了！我釣到他了，啊哈哈哈！」

正在門口玩跨進跨出遊戲的魔族們，驚訝地發現自己身邊的不少魔族都跟著一起笑了，他們異口同聲地重複著：「上鉤了、上鉤了！快來人啊！」

眾多魔族在月下像學舌鳥般咯咯笑著，異口同聲地說著同樣的話——那是安妮操控的不死族。

騎在骨鳥的上的安妮居高臨下地往下俯看，她笑著對著身後的里維斯說：

「你看，我就說會上鉤的。」

六角驚呼，「喔喔喔，好高啊！可惜魔王大人沒有上來。」

媞絲笑了，攏了攏被夜風吹起的長髮，「拜託，克里那個重量要是想飛起來，得找骨龍來才行。」

黑袍人並不知道自己的頭頂有人把一切盡收眼底，他察覺到不對，根本沒打算探究，立刻抽身逃走，然而那個沒了頭的魔族一把撿起自己的腦袋，邁開腿追了上去，「別跑、別跑，抓住他！」

所有不死族都聽從安妮的號令，各方圍堵追了上去，而真正的魔族雖然覺得事情發展十分詭異，但被這麼一喊，居然也一股腦地追了上去。

安妮都有些驚訝，「沒想到魔族居然都這麼熱心。」

黑袍人在眾多魔族的圍追堵截下，居然還沒有立刻被抓住，看樣子確實是身手不凡，只是身形多少有些狼狽。

媞絲嗤笑一聲，「這哪是熱心，這是哪裡有架打就往哪裡去！他們才不管為什麼要抓人呢，克里該出來了吧？」

安妮瞇起眼打量著下方，「在出來了，我看見地面都在抖了。」

果然，地面在熟悉的震顫之後，克里曼斯緩緩走出了宮殿，眾多魔族們正巧趕著黑袍人往他在的方向跑去。

克里曼斯沉聲道：「閣下，我們是熱情好客的魔族，既然來了，也該讓我們請你好好品嘗魔族的美酒啊？」

安妮帶著骨鳥身上的其他人也趕到，媞絲在一陣煙霧裡飄然落下，她掩唇笑著說：「對啊，在魔族殺人又不是什麼大事，也用不著這麼害怕的。」

「雖然殺人不是什麼大問題。」六角把拳頭捏得喀喀作響，「但總是偷偷摸摸的就讓人有些不痛快了啊！」

安妮一臉嚴肅地板起臉，「怎麼辦，里維斯，我們該說點什麼狠話才會看起來跟他們保持一致？」

里維斯略一沉吟，「不要反抗。」

安妮嘆了一口氣，「還是我來吧，再敢跑就把你的腳接在腦袋上！」

「呵呵，也許會比他現在的模樣好看一些。」媞絲配合地跟著笑了。

四人將他團團圍住，眼看情況不妙，黑袍人眼中閃過一絲凶狠，居然直接將手中的長劍對準了自己的喉嚨。

安妮挑了挑眉毛，但這次似乎用不著她出手，魔王克里曼斯一把握住他的手，安妮清晰地聽見骨頭碎裂的聲音，但黑袍人只是身體微微一顫，居然硬是一聲都沒哼。

媞絲上前一步撤下他的兜帽，這是一個長相十分普通的中年人，一張臉上飽經風霜，灰色的頭髮和眼眸有種說不出的愁苦。

媞絲抬眼示意六角，「讓他們都散了。」

六角點點頭，朝著圍過來的魔族走去，原本還是正常地讓眾人散去，後面說著說著就變成了大罵，安妮回頭看了一眼，又追打起來了。

安妮笑了，「魔族可真熱鬧。」

「呵。」黑袍人冷笑一聲，「這種種族即使不被人利用，遲早也會自取滅亡。」

魔王克里曼斯並沒有回答什麼，他單手提著黑袍人，帶著眾人回到宮殿後才開口：「魔族確實是很麻煩的種族，那麼你也該清楚，招惹這樣的種族，簡直是自找麻煩。」

黑袍人冷笑一聲，「我受僱於尊貴的金獅帝國王室，卑劣的魔族，金獅帝國的騎士團很快就會前來解放魔土！」

在場眾人的表情都有幾分怪異，尤其是里維斯。

安妮噗哧一聲笑了，指了指里維斯問他：「你知道他是誰嗎？」

黑袍人眼中閃過一絲厭惡，「和魔族混在一起的人類，能是什麼好東西！」

里維斯面無表情，「……你好，我是金獅帝國第三王子里維斯．萊恩。」媞絲也湊熱鬧似地往前一步，「你好，我受僱於金獅帝國第一王子格林．萊恩。不知道這位閣下又是受僱於哪位尊貴的金獅帝國王族呢？」

「什麼？」黑袍人的神色透出幾分不可置信。

安妮露出甜美的笑容，只是眼底滿是嘲諷，「不是第一第三王子，肯定就是第二王子菲爾特．萊恩啦！只不過，不知道你聽從的是不是被命運神殿擄走，被命運神當作容器的，那位身不由己的菲爾特閣下的命令呢？」

黑袍人神色震動，但他還是冷哼一聲，「我不知道妳在說什麼，我不會出賣自己的僱主，你們只要知道，金獅帝國的旗幟很快就會在這片魔土上飄蕩！你們這些該死的魔族……」

「別裝了，命運神殿的苦修士瓦爾波閣下，信仰命運神這件事就那麼讓你覺得丟臉，都不好意思承認嗎？」媞絲懶洋洋地晃了晃手裡的菸管，「你可是受人尊敬的苦修士呢，很多命運神殿的信徒應該都認得你吧？

「看來命運神殿最近確實不怎麼好過，這種挑撥離間的任務居然都找不到幫手，得要自家苦修士親自出手了。」

媞絲似笑非笑地看著他，關於這點，她倒是相當清楚原因，格林這些天在書房裡可不是坐著發呆的，他肅清金獅帝國內部，揪出來幾個背地裡和命運神殿有勾連的傢伙。

當然也許還有漏網之魚，但在這個情況下，敢冒頭的可就沒幾個了。

安妮笑彎了眼，「晴海部族跟我在一條船上，而經過白塔國的事件後聖光會也對他們有了防備，想要再在背後慫恿別人也沒那麼容易啦。

「回去告訴你尊敬的神明，別玩弄那些上不了檯面的陰謀詭計了，祂也該走到臺前了。」

黑袍人瓦爾波也不再嘴硬，他冷眼看著安妮，「妳敢褻瀆神明！末日的災難之後，我等信徒會在新世界永生，你們這些瀆神者，才會知道痛苦！」

安妮搖了搖頭，「你被騙了，笨蛋，祂才不打算為你們創造新世界呢，祂只想獨自永生。」

這位信徒顯然也不會被她這麼幾句話說服，但安妮也並不打算說服他。

她站起身，看向魔王克里曼斯，「這是您的俘虜，還是交給您處置了。」

克里曼斯有些為難地皺了皺眉頭，「按照魔族的習慣，肯定就是殺了，媞絲，妳覺得呢？」

「我覺得呀。」媞絲緩緩吐出一口煙霧，漂亮的眼眸幽暗，不帶一絲笑意，「可不能簡簡單單地殺了他，得從他身上，榨出所有的價值。」

安妮十分好奇地歪了歪頭，「要怎麼做？」

媞絲擠了擠眼睛，「這也是我的獨門手段，可不能輕易告訴妳，我得自己留些絕招下來嘛。」

安妮瞇了瞇眼，媞絲笑道：「好了，妳不是還得去什麼世界之樹那裡嗎？真虧妳敢讓女神等那麼久啊，小丫頭。」

她主動提起這件事，反而讓安妮覺得有些心虛，她眨著大眼睛看向另一邊，「對、對啊，我是得去了，不過也不是那麼著急。」

媞絲抽了一口菸，她臉上帶著不變的笑容，像是一名關心出遠門小輩的長輩，「需要帶什麼東西嗎？你們會再回金獅帝國嗎？里安娜應該留在了那裡，妳也得見她一面。」

安妮用力點點頭，「嗯，我會去的，但願這次里安娜沒有跑去其他地方。」

媞絲也跟著笑了，「這次不會的，我請她留在格林身邊照應。去吧，剩下的就交給我們處理。」

魔王克里曼斯欲言又止地看了看安妮，又瞥了一眼媞絲，尷尬地抓著腦袋說：「呃，媞絲，妳能不能先把這個傢伙帶去刑訊室？我、我有點事想跟他們聊聊。」

媞絲意味深長地看了他一眼，「我怎麼不知道魔士還有能被稱為刑訊室的地方？我們嚴刑逼供不都是就地解決的嗎？」

「呃！」克里曼斯尷尬地眨了眨眼，他隨手指了個方向，「就是那邊，那塊大石頭旁邊。我有點事情想要和他們單獨聊聊。」

「呵。」媞絲笑了一聲，菸管一勾，裊裊的煙霧就裹挾住苦修士瓦爾波，她深深地看了安妮和克里曼斯一眼，「孩子長大了，是會有一些祕密，我明白，我會給你們一點個人空間的。」

克里曼斯沒有計較媞絲口頭占的便宜，他看著媞絲帶著苦修士瓦爾波離開，終於深深地鬆了口氣。

安妮板起臉，「你剛剛的反應太奇怪了，簡直就像是在對媞絲說我心裡有鬼嘛！」

克里曼斯抓了抓腦袋，「但是妳剛剛也結巴了，她肯定也覺得有哪裡不對了。」

「好了。」里維斯無奈地看著他們像小朋友一樣爭吵，他微微一笑，「至少媞絲沒有追問，魔王閣下，您還想跟我們說什麼？」

「喔，對，我是有話要說。」克里曼斯皺起眉頭，「我是覺得，果然我還是應該跟你們一起去。」

里維斯露出苦笑，「這個問題我們之前已經討論過了，魔族沒辦法離開您的壓制。」

「我知道。」克里曼斯微微點頭，「但是回來的路上我也考慮了。既然魔族離不開我，把他們一起帶去幫忙不就行了。雖然在其他地方幫不上忙，只有打架這回事我們還是能幫點忙的！」

安妮噗哧一聲笑了出來，「原來你回來的一路上那麼安靜，是努力在想這些事啊！」

里維斯沉默了半晌，最後還是認真地搖了搖頭，「魔王閣下，如果您帶著魔族大搖大擺離開魔土，恐怕在達到翡翠城之前，就會被擔憂魔族入侵的國家聯手圍剿了。」

魔王克里曼斯有些鬱悶，「可這是整個世界都會毀滅的大事啊！那些傢伙就不能稍微放我們一馬？」

這也不行，那也不行，讓理智派的魔王也跟著焦躁起來，氣得想跟誰打一架。

「克里。」安妮學著媞絲的方式喊了他一聲，她露出溫柔的微笑，「謝謝。」

克里曼斯疑惑地看著她，「我並沒能幫上什麼忙。」

安妮朝他伸出手，仰起頭看著他巨大的身軀，真誠地感謝道：「在這種時候，朋友的關心和擔憂，也是值得感謝的東西。我相信你會變成一位好魔王，就算是這一群麻煩的傢伙，你也會帶著他們尋找到充滿希望的未來。」

克里曼斯看了她片刻，伸出手鄭重地握了握她嬌小的手掌，「這算是未來神明的祝福嗎？安妮，別輸給祂。」

「雖然死神的祝福聽起來不是很吉利，如果你不介意的話，是的。」安妮露出笑容，「至於命運神……等我贏了，我要把祂拎到雲端，讓所有人都抬頭看著，然後我要像祂媽媽一樣脫了祂的褲子打祂的屁股！」

「哈哈哈哈！」魔王大概是想到了那個畫面，笑得前仰後合，發出雷鳴一般的笑聲，他拍著自己的大腿，「到時候我就在下面吹口哨！」

里維斯板起臉，皺著眉頭道：「安妮。」

安妮回過頭看他。

里維斯說：「……不可以脫褲子。」

安妮噗哧一聲笑出來。

等到兩個人都笑夠了，安妮對克里曼斯揮了揮手，「再見啦，朋友。」

克里曼斯也點點頭，「一路保重，我的朋友。」

克里曼斯注視著安妮往前走了幾步，隨後她就打開了傳送門，大概是前往金獅帝國去了。

他收回目光，正打算去看看媞絲那邊怎麼樣了，一轉頭卻發現她捏著那根菸管，就站在他身後。

克里曼斯忽然整個僵硬成一座小山。

過了許久，他才結結巴巴地開口：「媞、媞絲……我、我們剛才……」

「別裝了，我都聽見了。」媞絲難得一點笑意也沒有，她靜靜注視著安妮離開的方向，幽深的眼眸裡一片悲傷。

克里曼斯安靜下來，他沉默地坐在媞絲身邊，「她只是不想讓妳擔心，如果妳知道，妳一定不會讓她獨自前去的。」

「我當然不會。」媞絲斬釘截鐵地回答，「就算她抱怨，我也會一路跟著她，哪怕悄悄的。人多怎麼可能一點用都沒有？哪怕是命運神殺我的時候耽擱了一瞬間，她都說不定能離世界之樹更近一點，她只是不想讓我們為她去送死而已。」

克里曼斯沉默地點了點頭，「混沌神說，『萬千骨血鑄就魔王』，安妮的死神之路，也是一樣的吧。她其實完全可以讓我們……媞絲，妳在哭嗎？」

媞絲站在原地，淚水順著她的臉頰落下，「克里，我已經保護不了我的小丫頭了。」

克里曼斯抓了抓腦袋，「我們同樣無能為力。」

媞絲深深嘆了口氣，她用指節抹去淚水，「你居然敢聯合她一起騙我，今晚你得請我喝酒。」

「當然，妳想喝多少就喝多少。」克里曼斯點頭答應。

「不，只要一杯就夠了，剩下的，就等她回來的時候再喝。」媞絲站了起來，「現在，告訴我你們從神明那裡知道的所有事，我們總得做點力所能及的事情。」

克里曼斯點頭，沒有保留地將和生命女神的對話告訴了媞絲。

媞絲沒去在意神明之間的祕辛，這不是他們目前能夠插得上手的事情，她只是眸光閃動，念著一個詞：「信仰……」

克里曼斯好奇地問：「妳想到什麼了嗎？媞絲。」

「我不確定，但不確定也要試一試。」媞絲眉頭緊皺，「失去神格之後，神明還能靠信仰活著，也就是說信仰也能給神明力量。那個苦修士，我想到一個更好的用法了，克里。」

Getaway Guide for Necromancer

CHAPTER 6

【命運的饋贈】

入夜，金獅帝國邊陲小鎮的一座命運神殿教堂中，信徒們正在禱告。他們都是極其虔誠的信徒，因此得以知道世界的祕密。七大災會將世界毀滅，唯有神明最虔誠的信徒將在新世界重生。

深夜的禱告會結束，主教按照慣例告誡信眾道：「不要透露預言給任何人，包括你們的家人，如果想讓他們也獲得新生的機會，就讓他們自己表露出虔誠！」

所有人都真誠地低下頭，低聲念誦：「一切都是命運的饋贈。」

信徒們依次走出教堂，然而就在教堂門口，並不明亮的燈火裡，他們看見一個人影。他渾身赤裸，握著一柄長劍，就在眾人驚愕的目光裡，將長劍送入自己的心臟。

「啊！」

主教下意識想要制止，但已經來不及了，此起彼伏的尖叫聲在小鎮上空響徹，居民家中的燈火接二連三地亮了起來。

信徒們終於發現，這個將自己釘死在教會大門前的不是別人，正是命運神殿令人尊敬的苦修士——瓦爾波。

他此刻臉上帶著欣喜的笑容，不像赴死，倒像是前往極樂世界。更讓人覺得詭異的是，他赤裸的身上刻滿文字，反反覆覆只有一句話。

末日的災難裡，只有命運的信徒得以重生。

主教眉頭一跳，他看著逐漸接近的居民們，心頭忽然籠罩著濃濃的不安。

「命運神殿教唆信徒自殺獲得永生」的傳言飛快傳遍了小鎮，除了極少數信徒，其他大部分人都被家人拉住，不允許再參加命運神殿的禱告。

這當然是媞絲的手筆，她用最擅長的幻術，製造苦修士瓦爾波詭異的死狀，也暗地裡推動謠言的傳播。

她站在陰影裡，看著籠罩著不祥烏雲的命運神殿教堂，忽然露出微笑，「還沒完呢，很快，我就要讓命運神變成邪神。小安妮如果在去的半路上，發現自己忽然變成了討伐邪神的英雄，不知道會怎麼想呢？」

與此同時，格林也收到媞絲的傳信。這時候安妮已經離開金獅帝國，他也收到了小鎮中命運神殿的異狀報告。

他逐字看完書信，略微點點頭，「原來如此，既然信仰對神明如此重要，那麼自然不能白白提供力量給我們的敵人。得加一把火。里安娜閣下，我的身體，確認最起碼還能活五年嗎？」

「當然，如果不遇見意外，還能活更久。」里安娜笑道。

格林眼中閃過光芒，「那麼，我打算進行一次繼位演講。拋棄信徒的神明，落到被信徒拋棄的下場，這也是理所當然的對吧？」

「當然。」里安娜笑容溫和，「一切都是命運的饋贈。」

安妮和里維斯告別了克里曼斯，跨過傳送門到達了金獅帝國王都皇宮內。

其實安妮在格林的書房留下的那個骷髏管家也可以作為標幟，但他們擔心會不會嚇到其他無辜的人，所以還是落在花園裡。

里維斯先攀上窗臺，確認了格林的書房沒有其他人，禮貌地敲了敲窗，然後伸手把安妮拉上來，兩人動作熟練地翻窗進入了屋內。

格林正巧從繁重的文書工作裡抬起頭，猝不及防看見突然出現的兩人，他手裡端著的紅茶泛起了圈圈漣漪，但他很快反應過來，將紅茶平穩地放到桌上，沒有灑出一滴茶水。

格林揉了揉太陽穴，略顯無奈地嘆了口氣，「你們如果總是翻窗進來，以後有人從窗口襲擊我，我可能都毫無警覺了。」

安妮不好意思地抓了抓腦袋，「……下次我們一定走正門。」

格林微微點頭，「對了，我聽說白塔國正在推動魔法師協會的建立，將暗元素也列為了正常的元素之一，我打算聲援他們，用不了多久，亡靈法師也能正常行走在太陽下了。下次你們來，就可以光明正大地讓人通報，說是偉大的暗系法師安妮閣下前來拜訪。」

安妮微微一愣，忍不住露出微笑，「聽起來可真讓人期待，我已經忍不住想像自己大搖大擺走在金獅帝國皇宮裡的模樣了。」

里維斯也笑了一聲，他眼帶崇敬地看向格林，「你總是很擅長說服別人，大哥。」

「遊說也是一個政客應有的技能，我沒辦法練習劍法，只能用其他方式讓別人心甘情願地去做我希望的事。就算你不做國王，這也是能用上的。」

格林看向他的弟弟，語氣溫和下來，「不坐一下嗎？」

里維斯搖了搖頭，「我們是來告別的，沒辦法休息太久。你看起來比之前好多了，里安娜閣下呢？」

格林深深地看了他們一眼，他大概心裡有數，沒去探究他們要去什麼地方，只是嘆了口氣，「很不巧，里安娜閣下不久前才離開，海妖族派來的使者就要到達海岸線了，我拜託她前去接應。」

里維斯神色一動，「海妖族的人已經來了嗎？」

他又對里安娜不在感到惋惜，又對格林打算嘗試治病感到高興。

「里安娜不在這裡？」安妮錯愕地瞪大眼睛，似乎是覺得有些不可思議，「我們又錯過了？」

這個機率實在是讓人不得不驚訝。

格林也有些無奈，他提議：「你們可以留下，最多兩天，她就會回來了。海妖族的使者應該也是你們的老朋友了，不見見他們再走嗎？」

里維斯詢問地看向安妮。

安妮稍微有些動搖，她想命運神要等也等那麼久了，再讓祂等一等也不是什麼大事，但她沉默了片刻，最後還是搖了搖頭，不想讓人擔心般露出笑容，「還是算啦。

「里安娜最寵我了，如果看見她，我肯定會忍不住撒嬌的，到時候可能都不想走了。海妖族的朋友……多半是海涅會來吧？那傢伙雖然傻呼呼的，但可講義氣了，他肯定會吵著鬧著要一起去的，明明連人腿都還變不好。」

安妮笑著歪了歪頭，「還是下次再見吧。」

格林深深地看了她一眼，最後還是沉默地點點頭。

里維斯看了看格林，他想了想，問道：「哥哥，我還在擔心尤莉卡的事，你如果把身體治療好，順利繼承王位，那麼尤莉卡就不必偽裝成菲爾特生活了。但我們對外宣稱尤莉卡公主已經死去，她也沒辦法做回自己，這到底該……」

說起家人的事，格林稍微放鬆了一些，兩個哥哥同時露出了有些苦惱的神色，他嘆了口氣，「我也想和尤莉卡聊聊這件事，但你知道她的脾氣，她說她要一輩子幫助我，協助我治理金獅帝國。她說我能夠繼承王位了，這是一件好事，但獅心騎士團同樣需要一位王室的帶領者。

「我明白她說的是對的，也很高興我們的妹妹是個有擔當的好女孩，但我也不希望她放棄自己的生活。她明明以前那麼喜歡那些漂亮的首飾、華美的裙子，要裝作菲爾特生活，她甚至不能使用自己最擅長的火系魔法。」

說起家人，格林變得像是一位操不完心的長輩，他頭痛地捂住額頭，思緒越想越遠，「萬一以後尤莉卡遇見了喜歡的人，但她還得扮演菲爾特，我難道要讓她就這樣放棄自己的幸福嗎？」

里維斯也跟著嘆氣。

安妮有些好笑地打量著這兩位愁眉苦臉的哥哥，她又想起了她的家人們，梅斯特希望她做個普通的小女孩，媞絲也努力為她創造一個完美的約會。

——他們同樣都是被深愛著的。

安妮露出微笑，「別擔心，等菲爾特回來就好了。有菲爾特在，尤莉卡就不用特地裝作菲爾特生活了，雖然不能再作為明面上的公主，但她也可以去其他地方冒險，比如臨海部族……」

似乎是她描繪的前景太過美好，格林不由地深深看了她一眼，他似乎看穿了什麼，低聲說：「聽起來是個很美好的願望，我衷心希望這一切都能實現，但安妮，妳不用把這一切當成負擔。」

安妮愣了愣，她就像是說大話被拆穿了一樣，露出了略微窘迫的表情，「不、不是的，我……」

格林柔和地看著她，「我很抱歉，安妮，有些事情我們都幫不上忙，但妳不必要求自己做到所有事。」

安妮沉默了片刻才回答：「可是如果做不到的話……」

——會有那麼多人傷心。

「那也不是妳的錯。」格林溫和地看著她，「我們盡了所有的努力。」

里維斯看了安妮一眼，他其實也察覺到了，在見完女神之後，安妮一直在努力讓自己顯得很有把握。

他垂下眼，溫柔地牽住安妮的手，抱怨般地說：「哥哥，安慰她這種事該讓我來做的。」

格林眼中難得閃過一絲笑意，「抱歉，里維斯，我也擔心你是不是根本沒想到，因為你從小在這些事上就有些遲鈍。」

「現在不一樣了。」里維斯嚴肅地抗議。

安妮有些無奈地嘆了口氣，她抓了抓腦袋，小聲嘀咕：「也許我是太緊張了，和女神談過以後，我滿腦子都是什麼神明的責任啊，世界的使命啊之類的，明明我現在還不是神呢。

「我會盡力的，希望我們還能再相見。」

這次她沒有用篤定的語氣，看起來總算稍微放鬆了一點。

格林遺憾地搖搖頭，「看來妳依然不打算留下來見見他們了，那麼……祝妳一路順風，早些回來，安妮、里維斯，我會在這裡等你們的。」

安妮握著里維斯的手，對著格林揮了揮，轉身消失在了窗口。

格林看著他們消失的方向，無奈地揉了揉太陽穴，「好歹也要進來坐下，稍微喝口茶啊。」

兩人離開了金獅帝國的宮殿，安妮再次回頭看了一眼，她有些不好意思地摸了摸鼻子，「說大話居然被你哥哥看出來了，這也太丟臉了。」

「不僅是我的哥哥了，也是妳的哥哥，安妮。」里維斯糾正她，接著伸手摸了摸她的腦袋，「妳總是喜歡逞強。」

安妮撇了撇嘴，「因為我想不出好辦法，明明我自己也不確定能不能贏，但我總不能讓大家一起擔心，只能說大話了。」

「對家人用不著逞強。」里維斯眼裡帶上點笑意，「另外妳也不用擔心，即使妳以後成了神明，格林也不會出版什麼《死神祕辛》之類的書來詆毀妳。」

安妮鄭重地點了點頭，「沒錯，格林看起來就不是這樣的人，只有梅斯特才會幹這種事情！」

里維斯也跟著笑了，他開玩笑似地說：「那麼，我一定要讓他寫上一條——死神從來不整理口袋。」

安妮氣得跳起來，「里維斯，你因為涉嫌褻瀆神明要接受懲罰！」

里維斯握著她的手笑了，兩個人沒急著傳送，慢悠悠地用雙腳走了一段路。

安妮笑完以後平靜下來，「里維斯，為了這些，在世界毀滅之前也想讓我高興的可愛傢伙們，我絕對絕對不能輸。就算這個世界是命運神的，我也要把它搶過來。反正我也不是什麼善良的好女巫。」

「嗯。」里維斯和她並肩，「那我是妳的幫凶。」

安妮凶狠地握了握拳頭，「走吧，去把這個世界從命運神手裡搶走！」

安妮滿懷著痛毆命運神的熱情，帶著里維斯一路開啟傳送門，毫不停歇地朝著東部大陸的翡翠城出發，然而沒想到——他們根本找不到進入翡翠城的大門。

安妮茫然地站在精靈之森裡，看著滿眼翠綠的樹木，安慰自己道：「正好這一路趕來我消耗也很大，稍微休息一下，有利於之後全力迎戰！」

里維斯皺起眉頭，他也只能點了點頭，「我並沒有來過翡翠城，只知道在記載中，翡翠城在精靈之森深處，極少與人類交流，只有少部分被精靈認可的擁有高貴品質的人類，才能有資格進入。

「精靈之森很容易迷路，但倒是沒聽說過找不到翡翠城的傳言。」

安妮稍微察覺到一絲怪異，她抿了抿唇，有些不安地說：「那只能找人問問了，命運神不會為了不讓我見到生命女神，就直接把整座翡翠城都搬走了吧？」

里維斯安慰她，「即使他能夠搬走翡翠城，也沒辦法搬走世界之樹的，那裡涉及到世界的本質。精靈之森外圍有個冒險者常去的小鎮，我們去那裡打探些消息吧。」

精靈之森邊界處的鈴蘭小鎮，是諸多前往精靈之森尋找財富的冒險者的落腳之地，這裡的居民們基本上都靠外來者的生意度日，因此酒館、旅店、雜貨攤都格外多。

安妮和里維斯來到這座小鎮，看著小鎮上熱熱鬧鬧一派祥和的氣氛，忍不住生出一種世界會毀滅只是傳言的錯覺。

里維斯無奈地笑了笑，「找一間酒館吧，酒館裡的酒保應該是當地消息最靈通的人了。」

安妮好奇地東張西望，「大家看起來好像沒什麼變化，那看來應該是沒有什麼大事吧？」

「但願吧。」里維斯回答。

兩人就像是普通的冒險者一樣找了一間酒館，還是下午，酒館裡就坐了不少冒險者，除了來喝酒的，也有不少來交流情報的人。

看到安妮和里維斯進來，不少人只是隨意地看了他們一眼，並沒有給予過多的關注。

安妮和里維斯坐到了酒館桌前，吧檯內的酒保來到他們面前，一邊擦拭著桌子問：「要喝點什麼？」

里維斯開門見山地問：「能打聽情報嗎？」

安妮原本看他一副十分老練的樣子，沒想到一開口照樣是開門見山，差點沒有忍住笑出了聲。

酒保也愣了一下，他點了點頭，「可以，但是得點些東西。」

里維斯有些尷尬地清了清喉嚨，「好吧，給她來一杯沒有酒精的吧。」

酒保笑了笑，「那就來杯果汁吧？是冒險者們剛去精靈之森採下來的水果。」

安妮好奇地問他：「冒險者會去精靈之森採水果？」

「哈哈。」酒保善解人意地笑了，他一邊為安妮榨果汁，一邊解釋，「你們應該是新人冒險者吧？大部分新人都會覺得冒險者平時都在做些和魔獸搏鬥，或者拯救世界這種大事。實際上很多冒險者都是靠尋找草藥、水果來維持生計的。」

安妮的臉色有些古怪，他的面前就有兩個正打算去拯救世界的冒險者，不過就算說了，對方多半也不會相信。

安妮沒有再糾結這些問題，她直接問了翡翠城的所在，「我們聽說精靈之森深處有翡翠城，但是找了很久都沒有找到？你知道翡翠城在哪裡嗎？」

酒保的臉色有些古怪，「翡翠城？你們該不會是想找精靈吧！」

他因為驚訝聲音稍微大了一些，立刻引來了不少冒險者的關注，有人毫不客氣地嗤笑道：「又來了，每年總會有這種不知天高地厚的年輕人，居然想去招惹那種傳說中的種族。」

安妮挑了挑眉毛，在她的印象中，傳說中的種族應該是指火龍之類的，精靈的話，他們的美貌倒確實是傳說級別。

酒保沒有接他們的話，把果汁放到安妮面前，他善意地提醒道：「我建議你們還是不要深入精靈之森，裡面還是有不少凶狠的魔獸的，新人的話還是從那些小任務開始做起。」

「謝謝，果汁很好喝。」安妮露出微笑，先讚美了他的手藝，然後接著問，「但我還是很好奇，翡翠城怎麼會突然消失。」

酒保看她堅持，嘆了口氣，「好吧，我就告訴妳，這也不是什麼祕密。它就是突然消失了，沒有任何理由，也沒有人知道為什麼，理由恐怕只有那些精靈才知道了。最多也就是十來天前的事情，或許更早，畢竟平時也沒什麼人會去翡翠城。

「精靈雖然美貌而公正，但大多數十分排外，他們並不親近人類。以往翡翠城還沒消失的時候，如果有人膽敢靠近翡翠城，他們就會毫不猶豫地發動攻擊。也許他們只是被冒險者們打擾多了，嫌麻煩了，就把翡翠城隱藏了起來？」

「這樣啊！」安妮略微挑了挑眉毛，聽起來有些麻煩，沒有任何線索，誰也不知道這會不會跟命運神有關。

但無論如何，這都對她不太有利。找不到翡翠城，她就沒辦法找到城中的世界之樹，如果這時候被命運神找到，那可真是無望的戰鬥了。

里維斯追問：「從那之後，再也沒有人見過翡翠城了嗎？」

「呃！」酒保看起來有些猶豫。

里維斯看了他一眼，默默遞上一枚金幣，「拜託，這對我們很重要。」

酒保驚訝地瞪大了眼睛，「不，用不了這麼多！

「好吧，我告訴你。不過我覺得，你們不會認為這是什麼有價值的消息的。」

安妮和里維斯對視一眼，安妮笑道：「沒關係，我們可以當作故事聽。」

「就算是故事，也是一個不怎麼有趣的故事。」酒保嘀咕道，顯然並不怎麼樂意說出這些事，「之前有人曾說，在滿月之時，他踏著月光進入過翡翠之森。」

里維斯皺起眉頭，「但是十天之前到現在，應該還從來都沒有出現過滿月。」

酒保苦笑道：「是的，所以這只是謠言。接下去的幾個說法也都不過是差不多的，你確定還要聽下去嗎？」

得到里維斯和安妮肯定的回答後，酒保嘆了口氣，「我可提醒過你們了。「還有人信誓旦旦說他夜晚能通過夢境進入翡翠城，而他甚至在翡翠城有一位深愛的妻子。」

里維斯面無表情，「這也是謠言，每一個精靈都是從精靈之樹上誕生，他們不需要繁衍，根本沒有性別之分。」

「呃。」酒保顯然也是頭一次聽說這回事，「還有最後一種說法，翡翠城只為精靈打開大門，要進去得有一位精靈引路，也就是需要得到精靈族的認可。因此只有集所有優良品德於一身、毫無缺點的人才能進去。」

這倒是比較可靠的說法，但是……

安妮嘀咕了一聲：「要進入翡翠城必須要精靈引路，但要見到精靈必須進入翡翠城，這不就是個死循環嗎？」

而且考慮到傳聞中精靈族正直過頭的性格，安妮開始懷疑在他們眼裡，身為亡靈女巫的她會不會是一種缺陷。

她又轉頭看了看里維斯，雖然里維斯又英俊又正直好像確實完美無缺，但在他們眼裡身為亡靈會不會是一種缺陷？

里維斯也同樣為難，「在我的印象中，菲特大陸上已經很多年沒有出現過精靈族的蹤跡了……一百年前的遊吟詩人口中，還能經常聽見他們的事跡，但以百年前為分界線，大陸上的精靈便幾乎絕跡了。」

安妮神色一動，這或許與翡翠城的世界之樹不再誕生新生命有關，精靈的數量在減少，所以大陸上見到的精靈也變少了？他們變成了瀕危種族？

「我說，也不是沒有人見過精靈嘛。」

有人忽然插嘴，安妮好奇地轉過頭，他們旁邊站著一名嬉皮笑臉的中年人，此時還是白天，他就已經喝得醉醺醺的了。

他看著安妮笑了，「嘿嘿，小妹妹，只要妳請我喝一杯酒，我就可以告訴妳……」

中年冒險者說著，朝安妮伸出了手，似乎想要去勾她的肩膀。

里維斯臉色一沉，伸出的劍柄已經打在對方的手上。

「你該離她遠點，先生。」里維斯神色冰冷，漂亮的藍眼睛光芒凜冽。

安妮笑了，似乎覺得這個場面十分有趣，她撐著下巴打量著這個中年人，「我可以請你喝一杯酒，不過你要想清楚，這可能會變成你這輩子最後一杯酒。」

中年冒險者露出惱怒的神色，他正要往前討回面子，他的同伴們卻緊張地拉住他，聲音充滿忌憚，「喂，等等，那是金獅帝國的徽章，他是金獅國的騎士！」

里維斯低頭看了眼自己的劍柄，他重新抬起頭，「我的身分並不妨礙此刻我們的戰鬥。」

「不、不！」中年冒險者的酒嚇清醒了一大半，他趕緊搖頭，「尊貴的騎士大人，我們這就離開。」

「等等。」安妮出聲叫住他們。

中年冒險者一行人戰戰兢兢地回過頭，「還、還有什麼事嗎？」

他不知道該怎麼稱呼安妮，她似乎是一名法師，但也沒有拿一般法師標配的法杖，聯繫到她身邊有個金獅國的騎士，所以她完全有可能是哪位天真的貴族小姐。怪不得會特地跑到東部大陸來找精靈，只有那種貴族才有這種閒工夫！

安妮完全不知道他們在想些什麼，她只是問：「你說你知道哪裡可以見到精靈？」

中年冒險者張了張嘴，他的同伴搶先答道：「是他喝醉了酒胡說八道的，請不要放在心上，尊貴的……」

安妮瞇了瞇眼，「也就是我被騙了？」

「不！」中年冒險者嚇出了一聲冷汗，「也、也不是說被騙了……我是真的知道！精靈之森的深處，偶爾會有一個精靈出現，但是他、他脾氣很差，而且不承認自己是精靈，如果你叫他精靈，就會被打。」

「那也只是個傳言。」酒保提醒他們，「而且精靈之森的深處相當危險。」

「不是傳言，我親眼見到的！」中年冒險者氣得面紅脖子粗，他拉開自己的衣袖，露出一道傷口，「這個！這個就是被他的箭矢劃傷的！」

安妮的臉色有些古怪，被精靈打過，這人怎麼一臉自豪的樣子？

Getaway Guide for Necromancer

CHAPTER 7

【尋找精靈】

安妮和里維斯再次前往精靈之森，只是這次他們不是要找翡翠城，而是要找一位據說隱居於此的精靈。

雖然目標換了，但同樣顯得希望渺茫。精靈之森幾乎沒有邊際，從來沒有人知道森林的另一頭是什麼，安妮合理懷疑，這裡作為世界未完成之地之一，這座森林本身根本沒有盡頭。

安妮目光沒有焦距地打量著眼前的景色，入眼皆是翠綠，如果他們是出來遊玩的，大概會覺得十分心曠神怡。

只是他們是來森林裡尋找精靈的，安妮想，在看不見盡頭的森林裡尋找一個精靈，或許和在森林裡尋找一片特定的樹葉是同樣難度的。

安妮揉了揉幾乎看什麼都是綠色的眼睛，神情顯得有些憂鬱，「在森林裡找一個不知道是不是真的存在的精靈，我或許已經瘋了。」

里維斯也同樣眉頭緊鎖，「而且我們也無法確認，最初給出消息的那個冒險者是不是在說謊。」

「對啊，他只要咬死自己沒說謊就行了。」安妮眸中凶光一閃，咬著牙說，「如果實在找不到，那我就地毯式搜索！」

里維斯好奇地詢問：「妳打算怎麼做？」

安妮張開手比劃了一下，「我打算從森林邊緣開始召喚亡靈，直到鋪滿整個森林，我就不信這樣還找不到精靈！」

里維斯想像一下那個場面，有些無奈地搖搖頭，「那樣的話，在森林中的冒險者肯定也會被嚇壞的，而且……恐怕在找到精靈的同時，命運神也會被引來。」

雖然翡翠城似乎消失在精靈之森中，但不管這座神祕的精靈之城是被幻術守護起來，還是被空間魔法藏了起來，按照傳說中的地理位置，它就是應該在這附近的。

命運神應該能夠預料到安妮會來這裡，如果在這附近大張旗鼓地使用亡靈魔法……安妮想起命運神附身後的菲爾特，忍不住重重嘆了口氣。

她有些煩躁地抓了抓頭髮，「我知道這不是個好主意，但找不到翡翠城，找不到世界之樹，這該怎麼辦啊！」

里維斯略微思索，也只能提議：「傳遞消息給格林他們吧，讓所有人幫忙一起尋找總比只有我們兩個人要好。」

安妮點點頭，撇了撇嘴低下頭，「早知道、早知道我就先見里安娜再出發了，反正早來了也找不到地方。」

里維斯只是溫和地看著她，眼底似乎還有些笑意。

安妮抬起頭，「你看著我笑什麼？」

里維斯伸手握住她的手，「沒什麼，天色暗下來了，我們得找住的地方了。要在不引來命運神的前提下搜索森林，或許去冒險者協會發布任務，尋求其他冒險者的協助，會更有效一些。」

安妮認真地點點頭，「嗯，這也是個辦法。明明都答應了格林不再一個人逞強了，我也總是想不到要找人幫忙。抱歉，我剛剛有些焦躁了。」

一無所獲的兩人離開了精靈之森，安妮再次回頭看了一眼，精靈之森的樹木似乎比其他地方長得更加茂密、翠綠。

安妮若有所思地問：「精靈一族信仰的神明，好像是自然之神？」

里維斯微微點頭，「是的，精靈是親近自然的種族，也是天生的好獵手。據說他們能夠根據植物的狀態知道很多東西，甚至因為這個，一部分人認為他們能和植物交流。」

里維斯看著安妮專注聽著的模樣，總算是悄悄鬆了一口氣。

沒錯，這種對什麼都有點好奇心的樣子才是安妮正常的狀態。

兩人回到街上，趁著冒險者協會還沒有關門，先去發布了任務。儘管工作人員聽到他們想要發布的任務是「尋找精靈之森中精靈的蹤跡」的時候臉色有些古怪，但看在那兩枚高級冒險者徽章的分上，他們還是把這份委託掛到了告示欄最顯眼的位置。

很快就有人湊過去看了，隨後高聲笑道：「不是吧，什麼年代了，居然還有人正經八百地找精靈？他的腦袋怕不是被驢踢了！」

「不，這麼浪漫的委託人，腦袋一定是被獨角獸踢的！」

「哦，我的上帝，報酬居然有一袋金幣，這到底是一個什麼品種的傻瓜！」

聽著身後肆無忌憚的討論聲，安妮的表情幾經變換，顯得有些氣憤，但她最終還是忍住了，沒有發脾氣，只是憤憤不平地咬著牙低聲說：「我都記住了！」

聽著身後的話語，里維斯也有些不好意思，但他笑著說：「記住了，然後怎麼辦？」

安妮考慮了一下，雖然這些傢伙很討人厭，但如果就這樣出手懲罰他們的話又好像有些過分。

她最後下定決心般點點頭，「全部都算在命運神頭上！」

里維斯對此沒有異議，「我想祂不會介意的。」

第二天，里維斯照例來敲安妮的房門叫她起床，推開門後卻看見安妮趴在床上蓋著被子，團成一團，一點也沒有要起床的意思。

里維斯好笑地走過去，試圖掀開一點她的被子，安妮只肯露出一隻睡眼矇朧的眼睛，「我累了，里維斯。」

她看起來確實沒什麼精神，里維斯有些緊張，「妳生病了嗎？安妮，有哪裡不舒服嗎？」

安妮嘆了口氣，「心裡不舒服。我感覺已經失去了動力，我原本鬥志昂揚地要去跟命運神決一死戰，結果發現到了地方，我好像被人放了鴿子。」

里維斯想了想，在她床邊盤腿坐在了地上，「好吧，那妳就好好休息。」床上的糰子忽然拱了拱，安妮伸出腦袋，神情有些微妙，「你不再勸勸我嗎？」

「反正委託也已經掛出去了。」里維斯的神情相當認真，「如果不能大規模使用亡靈的力量，我們能做的也就是兩個普通人能做的事情而已。要搜尋這麼大的森林，兩個人的力量其實相當有限，我覺得妳可以休息。」

安妮聽得一愣一愣的，「不，但是我畢竟還有重要的責任，我這麼休息是不是不太好？」

里維斯露出微笑，「安妮，妳的責任也得在找到了翡翠城才能履行，在此之前，妳可以休息。」

安妮有些茫然地張了張嘴，她有些不確定地說：「真、真的可以嗎？里維斯你不是在說生氣的反話吧？」

里維斯有些無奈地摸了摸她的腦袋，「當然沒有，我反倒比較擔心妳會過於緊繃，如果妳肯好好休息，這當然是最好的。」

安妮沉默了片刻，僵硬著沒有動彈。

里維斯溫柔地替她拉好被子，「需要我陪在妳身邊嗎？或者讓妳一個人好好休息？」

安妮忽然掀開被子，爬了起來，「不，里維斯，我突然感受到強烈的使命感，我有預感，今天我們一定能有所收穫，來吧，讓我們朝著精靈之森出發！去打動那位傳說中的精靈吧！」

里維斯有些茫然，「什麼？妳真的不休息了嗎？安妮……」

安妮目光堅定握緊拳頭，「不休息！我現在覺得一刻也閒不下來，我的內心驅使著我前往森林，我受到了召喚！」

里維斯無奈地看著她一把抓起斗篷套上，伸手把她弄得有些亂糟糟的頭髮整理好，「好吧，那也不用著急，先吃點東西吧。」

等到安妮和里維斯走出旅店的時候已經是中午，有些意外的，他們在精靈之森的入口又遇見了酒館裡那個中年冒險者和他的同伴們。

他們形容狼狽，兩手空空，看樣子這次沒什麼收穫。

他們看見安妮的時候也很吃驚，其中一名有些錯愕，「你們現在才去嗎？」

安妮有些羞愧地摸了摸鼻子，連這些酒鬼冒險者都比她敬業。

「咳。」

中年冒險者狠狠撞了一下他那位不會說話的同伴，他露出諂媚的笑容，「我們這種沒什麼出息的冒險者只能早早出發了，即使這樣還是受了傷一無所獲。像兩位大人這樣擁有足夠實力的強大冒險者，無論什麼時候出發，都是合理的！」

安妮也不想和他們多做糾纏，和里維斯微微點頭就算打過招呼，打算往森林裡去了。

「哎，兩位大人！」中年冒險者卻好像還有話沒說，「那個，之前有人似乎在尋找你們，他到處問有沒有正在打探翡翠城的傢伙，還說出了你們的外貌特徵。冒險者協會有人幫他指路了，我正好看見了。不出意外的話，他現在應該還在精靈之森內，你們要小心啊！」

安妮挑了挑眉毛，「知道我們什麼樣的人？那他長什麼樣？」

「呃！」中年冒險者有些為難，「他把臉遮起來了，看不出樣子，只是身材很高大，看起來還挺強的，應該是一名戰士。」

安妮眼中閃過一絲疑惑，她微微點頭，「我知道了，謝謝你。」

里維斯遞一枚金幣給他。

「請不用客氣。」中年冒險者露出笑容，嘴上說著這樣的話，手卻伸得飛快。他早就聽說這兩個人出手相當闊綽，果然是真的！

直到他們消失，安妮才和里維斯對視一眼，里維斯思考著說：「應該不是命運神殿的人，他們沒必要遮掩模樣。」

安妮點點頭，帶著困惑繼續搜尋森林，「但我也想不出來有誰需要遮掩模樣的。不會是精靈在找我們吧？」

里維斯低笑一聲，「如果是這樣，那倒是好事了。既然他有很大的機率就在精靈之森裡，就看我們能不能遇見了。」

安妮幽幽地嘆氣，「精靈、命運、神祕人，不知道究竟哪個會先來啊。」

里維斯真誠地祈願道：「希望不是命運。」

里維斯和安妮今天換了一個方向。

他們在冒險者協會處得到了一份通用地圖，上面標註了不少冒險者常用路線，還有部分劃著「X」的地方則表示有危險。

他們覺得既然很少有人看見過這個傳聞中的精靈，那麼至少說明他平時不會出現在冒險者常去的地方。

按照這個思路，安妮和里維斯特意避開冒險者常用路線，專門往人跡罕至，標註著危險記號的地方去。

在面對沼澤、半人高的巨型蜘蛛、偽裝成植物的神祕魔獸等困難之後，他們來到一座標記著危險的湖泊附近。

安妮看著日光下波光粼粼，倒映著翠綠樹木的湛藍湖泊，儘管這副景象還有幾分唯美，安妮面無表情地開口：「讓我來猜猜，我覺得這裡的危險是湖裡面會跳出來巨大的魔獸。」

里維斯也認真考慮了一下，「也有可能是這片湖泊被某個強大的魔獸劃為領地，它時不時會來這邊喝水。」

「也有道理。」安妮默默點頭，忍不住嘆氣，「但聽起來都跟精靈沒什麼關係。」

兩人正打算去湖邊轉一圈後前往下一個目的地，忽然安妮嗅了嗅鼻子，「我聞到了血腥味，有人在附近打起來了。」

這其實不算太奇怪，畢竟精靈之森裡有這麼多冒險者和魔獸，無論是哪邊受點傷都是常有的事。

但問題是，這附近是標註著危險的地帶，而且已經相當深入，誰會特地跑到這種地方來？

兩人對視一眼，悄然朝著血腥味的方向移動。

湖泊背後的不遠處居然有一片樹林不算密集、相當開闊的草地，安妮打量著周圍的樹木，邊繼續往血腥味處靠近邊說：「這裡一定有人常來。」

里維斯有些困惑，「為什麼？」

安妮露出篤定的微笑，「雖然我不是自然之神的寵兒，但我從小長大的黑塔也在山裡，我也算是從小在森林裡長大的。森林是很聰明的，經常有人走的地方不會有樹生長，就連草也會格外稀疏。

「這裡是冒險者地圖上標註著危險地帶的附近，大部分冒險者都不會往這裡來。那個精靈就在這附近生活的可能性很大！」

他們已經非常靠近血腥味了，安妮甚至能隱約聽見戰鬥的聲響，她和里維斯沒有貿然闖出去，躲在一棵樹後面，悄悄探出了半個身子。

——他們終於見到精靈了。

這個以美貌聞名大陸的種族沒有辜負他們的盛名，那位精靈有一頭柔順的淡金色長髮，線條優美的臉頰上有一對翠綠的眼眸，還有彰顯自己身分的一對尖耳。他身形高挑，同時兼具女性的柔美和男性的英氣，有一種模糊性別的美感。

安妮忍不住低低感嘆了一聲，大概是她注視的時間太久，里維斯不動聲色地看了她一眼。

精靈的美貌毋庸置疑，里維斯想，但安妮也看得太久了。他正掙扎地想著要不要稍微提醒她一下，他就聽見安妮鬆了一口氣後說：「終於找到了，翡翠城的門票！」

瞬間，里維斯覺得自己好像也不用擔心什麼。

那位精靈正在戰鬥，他手裡握著一張弓，但對方已經逐漸拉近了距離，在這個時候再用弓箭其實已經不怎麼合適了。

安妮看見精靈一個閃身躲過對方劈來的長劍，拉弓搭箭一氣呵成，在極近的距離射出一箭，如果不是對方敏銳地往後擺了一下腦袋，那枝箭就不僅僅是射下他臉上的面巾，而是直接射穿他的腦袋了。

精靈並沒有完全寄希望於這一箭，他利用對方閃躲的空檔，動作俐落地將弓掛到身後，抽出了腰間的匕首。

而安妮卻盯著和他戰鬥的那個人，他的面巾被撤下，終於露出了自己的臉孔，這居然也是他們的老熟人——命運神殿的聖槍騎士弗雷。

安妮和里維斯對視一眼，有些猶豫要不要走出去。

安妮猶豫了半晌，最後還是對里維斯點點頭，弗雷的狀態有些奇怪，精靈並沒有對他造成傷害，但他身上還是傳來了血腥味——他原本就受了傷。

而且他也沒穿命運神殿標誌性的那身盔甲，連劍都是一柄普通的鐵劍。

安妮突兀地站起來，場中的兩人同時注意到這裡，精靈毫不猶豫地將手裡的匕首朝這裡丟來，里維斯一劍將匕首挑開，然後凌空接住。

弗雷看見是他們就停下了動作，精靈瞳孔猛地一縮，打起了十二萬分的戒備，「你叫了人？卑劣的人類！」

弗雷默不作聲，安妮笑了笑，「不，你誤會了，我們只是來找你，順便發現我們的老熟人也在這裡而已。我也很好奇，弗雷，你怎麼會在這裡？難不成命運神正藏在哪棵樹後面，打算給我一個驚喜？」

她是故意這麼說的，但看弗雷的表情，對方似乎並不在這裡。

「我並不打算與精靈為敵，我只是誤闖了他的領地。」弗雷收起劍，朝著安妮微微點頭，「我在找妳。」

安妮神色一動，這麼說來那個中年冒險者看見的，打聽她的下落的人，果然就是弗雷。

她還沒開口，那個精靈就先怒氣沖沖地開口了：「不要叫我精靈！」

弗雷看著他若有所思，「所以你剛剛突然攻擊我，也是因為我叫你精靈？」

精靈冷哼一聲，不屑對話一般，把頭轉到一邊。

安妮有些好奇，「你不是精靈族嗎？」

精靈似乎想說點什麼，但他皺了皺眉，忽然改口：「和你們沒有關係，離開我的領地。」

出乎所有人預料，安妮很好說話地點了點頭，「好的，那我們先去那邊了，不過……這位不願意被人稱為精靈的精靈閣下，希望你暫且不要走遠，等等我們還要找你商量一點事。」

「我跟人類沒什麼好說的！」精靈相當不配合。

安妮朝弗雷點了點頭，「我們換個地方吧，弗雷閣下。」

安妮帶著弗雷回到那片標記著危險的湖泊，這裡一般不會有冒險者前來打擾，至於危險……大概對安妮來說也算不上危險。

安妮轉過身，笑容溫和，「現在可以告訴我，你找我做什麼嗎？弗雷閣下。」

弗雷垂下眼，「我來提醒妳一件事，命運神在翡翠城內，祂要取出世界之心。」

安妮眉頭緊皺，有些困惑地說：「世界之心？」

弗雷搖搖頭，「我也不知道那是什麼，神明並沒有與我們解釋，我只是推測這應該與世界的存在有關。取出世界之心，整個世界就會重啟。」

安妮很快反應過來，他說的應該是神格。

「重啟。」里維斯皺著眉頭說出這個詞，他的眼中隱藏怒意，「祂就是這麼對信徒宣稱的？」

弗雷也皺了皺眉，「對，神明說七大災勢如破竹，這已經是不可逆轉的未來。但世界毀滅之後，會迎來新生，祂會利用神力，庇護信徒在新世界裡重生。」

安妮笑了一聲，「不愧是曾經身為人類的神明，對人性的把握恰到好處啊。既然這樣，你為什麼要來告訴我這些？」

弗雷沉默片刻，最後還是開了口：「我背叛了命運神殿。」

看到他出現在這裡，安妮就已經猜到了，但她還是問：「為什麼？」

弗雷苦笑一聲，「不是什麼了不起的理由。

「儘管我在很久之前，就覺得教會的行事有些……但我一直沉默著，我這次會背叛，也是為了自己的妹妹。」

安妮恍惚間想起那位褐色麻花辮的少女，和她相遇似乎還是不久前的事情，這段時間內居然發生了這麼多事。

安妮低聲問：「喬妮怎麼了？」

「妳還記得她的名字。」弗雷的表情有些複雜，「別擔心，她還好。只是教會拒絕讓她成為虔誠的信徒，也就是放在復活的名單上。只是因為，她曾經說過亡靈女巫救過人這種理由。」

「看來命運神是相當討厭我啊。」安妮嘀咕了一聲，「因為這個，你就帶著妹妹背叛了？」

弗雷沉默了片刻，而後他抬起頭，看向里維斯，「在我逃走之前，我斗膽做了一件褻瀆神明的事——我試圖刺殺神的容器。」

里維斯猛地瞪大眼睛，他下意識握住腰間的劍，整個手掌都在微微發抖，「菲爾特他……」

「我沒有成功。」弗雷相當坦率。

安妮奇怪地看著弗雷，「你為什麼會做這種事？刺殺他對你和你的妹妹都沒什麼好處吧。」

「是他說服了我。」弗雷露出苦笑，「或者是我殘存的良心被他打動了，菲爾特．萊恩，他一直在尋找殺死自己的方法。

「但神把他當作容器，一旦他有自戕的念頭，神就會察覺。他一直沒有放棄，他試圖製造各種意外，讓自己死去。我一直注視著他，在決定背叛神明的那一次，我出手幫了他。

「那柄劍已經刺穿了他的喉嚨，但命運神的神力置換了他和另一位教徒的命運，他還是活了下來。我的計畫失敗了，只能帶著喬妮開始了逃亡。」

在場的三人沉默了片刻，隨後安妮開口道：「祂是騙你們的，不會有新世界了，祂並不打算救你們。」

沉默許久之後，弗雷點了點頭，他露出一點悲涼的神色，「我明白，其實我猜到了。三位命運聖騎士，是距離神明最近的人，我能察覺到，在我們敬愛的神明眼裡，我們這些信徒和隨時可以拋棄的人類並沒有什麼區別。」

里維斯強迫自己把注意力從菲爾特身上移開，他低聲問：「翡翠城的消失和命運神有關嗎？」

「或許吧，隱藏翡翠城是精靈族的手段，但其中有沒有命運的推動。」弗雷並不確定，「這是我逃走之後的事了，我並不完全清楚他們的計畫。但我還在的時候，命運神並不打算親自殺死妳，他似乎更戒備其他人，打算儘快取出世界之心。」

安妮皺起了眉頭，「也就是精靈族是自願幫助命運神的嗎？」

「或許和我們一樣，他們也被命運捉弄了。」弗雷眼中閃過一絲苦澀，「精靈族十分重視世界之樹，但世界之樹已經很久沒有動靜了。

「命運神的神力可以短暫借來它曾經的命運，也就是可以讓世界之樹短暫看起來像是恢復了生命力，實際上……他是打算取出世界之心，完成自己的計畫。」

「什麼！」有人驚呼出聲。

安妮抬起頭，那個剛剛和弗雷戰鬥的精靈悄悄站在他們頭頂偷聽。

安妮無言了，「不是說精靈都是過分正直的種族嗎？」

——怎麼還會偷聽啊！

CHAPTER 8

【末日之前】

偷偷趴在樹上的精靈臉上一瞬間顯現出一絲窘迫，隨後他理直氣壯地反駁：「這裡也是我的領地，我只是來看看你們打算什麼時候離開！一、一不小心才聽見的！」

安妮瞇起眼睛，「越來越可疑了，你明顯就是在說謊嘛，精靈不會說謊吧？」

「我說了我不是精靈！」樹上號稱自己不是精靈，但看外表明顯就是精靈的神祕生物明顯底氣不足地反駁。

安妮的眉毛皺在一起，她有點困惑，「那你到底是什麼？如果是其他種族還有可能是什麼混血亞獸人啊，混血魔族被排擠之類的故事，精靈又不會生孩子，你看起來明明就是精靈……」

疑似精靈沒有回答，他明顯戒備著他們，不會輕易給出情報。

但他有想知道的事情，安妮想了想，打算稍微放點誘餌，「你很關心翡翠城發生的事情？」

「沒有！」疑似精靈矢口否認。

安妮露出微笑，循循善誘道：「不，你很關心。但這也不是因為你是精靈，只是因為翡翠城離你的領地很近，為了保證自己領地的安全，你關心那裡發生的事，是理所應當的，對吧？」

安妮體貼地幫他找好理由，疑似精靈有些動搖，他遲疑著點了點頭。

里維斯無奈地看著安妮，他彷彿看見安妮笑彎的眼睛背後，狐狸尾巴都跟著搖了起來。

安妮微笑著說：「既然你想從我們這裡得到情報的話，也得付出相應的情報，這是理所當然的吧？很公平。」

疑似精靈沉默地看了他們片刻，他張開雙臂，如同滑翔一般落到地面上，他抬了抬下巴，「我不會回答全部的問題。」

這就是同意了的意思。

安妮稍微鬆了一口氣，但又覺得有些奇怪，因為他確實和傳聞中的精靈不太一樣，他會說謊，除了最初的戒備之後，也沒有對人類那麼排斥。

安妮考慮一下，問他：「第一個問題，你到底是不是精靈。」

疑似精靈惡狠狠地瞪了她一眼，看樣子安妮一開始就問了一個對方不怎麼喜歡的問題。

但他還是回答了：「我確實誕生於精靈族，但……我是一個殘缺的精靈，被逐出了種族。」

安妮上下打量著他，「你看起來並不缺少什麼。」

精靈抿了抿唇，裝作並不在意地抬起頭，「我缺少了自然之神賦予的高貴品格，我並不排斥罪惡，精靈王說……這是在世界之樹，我還是個花苞時，被邪神引誘的後果。」

「邪神？」安妮皺了皺眉頭，「那你見過邪神嗎？」

「沒有。」精靈嘀咕了一聲，「我在離開精靈之樹前沒有任何記憶。等等，妳這是第幾個問題了？」

安妮露出微笑，「別著急，你可以自己數著，到時候我也會回答同樣多的問題。」

「我可沒有那麼多問題。」精靈不滿地說，但他抬了抬下巴，「妳還有什麼要問的嗎？」

安妮露出狡黠的笑容，「啊，這是第一個問題。」

精靈勃然大怒，「我就知道妳是個狡猾的人類！」

安妮哈哈大笑，她舉起手道歉，「好啦、好啦，我開玩笑的，你先問吧，我保證回答。」

精靈看起來有些猶豫，從他剛剛聽到的話來說，他們講述的問題似乎涉及到了神明。

他試探著問：「你們剛剛所說的命運神，是真正的神祇嗎？」

安妮點了點頭，「是的。」

這樣的回答似乎過於簡單了，安妮想了想，又補充道：「祂就是命運神殿所信奉的命運神，降下了七大災會導致滅世的預言。」

精靈皺起了眉頭，「七大災……我知道這個預言。」

安妮有些驚訝，「你知道？」

精靈點了點頭，「一百年前，世界之樹確實不再誕生新的生命，發現這個異狀之後，精靈王也曾試圖在外界尋找解決的方法，但一無所獲。那時候有人類的教會傳來了七大災的預言，王也非常重視。

「七大災的預言，其餘的應驗了嗎？」

安妮有些尷尬地摸了摸鼻子，她看向同樣略顯尷尬的弗雷，清了清喉嚨，「咳，預言裡的亡靈法師，或許是我。」

面露無奈的弗雷也抓了抓頭，「如果沒有猜錯的話，反叛的騎士，或許是我。」

里維斯補充道：「火龍已經甦醒過了，但我們召喚了白塔國的英靈冰原女王再次封印了牠。竊取王位的背叛者也已經被我斬殺，魔王和海妖目前都是我們的盟友。」

「等、等一下！」精靈似乎有些眩暈，他漂亮的眼睛茫然睜大，「你們在說什麼？七大災阻止了七大災？」

安妮差點笑出聲，她努力裝出一臉嚴肅的樣子點了點頭，「沒錯，就是這樣。」

精靈似乎有些抓狂，「不，我不會輕易相信你們，如果你們是騙我的……」

「總之。」里維斯試圖盡量用簡潔的語言向他說明，「命運神降下七大災的預言，祂認為自己的預言不可更改，所以祂才是希望世界毀滅的那一個。」

這下精靈明白了他們的意思，他有些遲疑地看著在場的三人，「你們打算違背神明？」

安妮嘆了口氣，「這也沒有辦法，再不違背就要跟世界一起毀滅啦。」

弗雷深深看了他們一眼，「妳知道祂在那裡，還要去嗎？」

安妮露出微笑，「是的，雖然很抱歉浪費了你特地前來提醒的好意，但我確實沒辦法放著祂不管。一旦祂取出世界之心，整個世界都會毀滅，大家都會死的。」

弗雷沉默片刻，他搖了搖頭，「我該走了。」

精靈有些驚訝，「你們不是一起的？」

弗雷的背影略微僵硬，「我不是，我只是一個背叛者。」

他朝著鈴蘭小鎮的方向快步離開，安妮看著他的背影。

「剛剛還說自己是七大災呢！」精靈嘀咕一聲，他猶豫地看了幾眼安妮，「現在我知道你們找我做什麼了，你們要我帶妳去翡翠城。」

里維斯點點頭，「對，進不去的話我們什麼也做不了……安妮？」

他注意到安妮看著弗雷的背影，似乎正在發呆，被他喊了一聲，才猛地回過頭，「啊，抱歉，我……」

里維斯知道她不會在討論這麼重要事情的時候無緣無故發呆，他低聲問：「怎麼了？」

安妮皺起眉頭，「不知道是不是錯覺，里維斯，我好像覺得他快要死了。」

「什麼？」里維斯有些困惑。

就連精靈也疑惑地開口：「不可能，他剛剛跟我戰鬥時還很有精神，雖然好像確實受了點傷，但根本不是致命傷。」

「這說起來很奇怪。」安妮抓了抓腦袋，似乎不知道要怎麼跟他們描述自己的感覺，「這就像是一種直覺，我彷彿看見他即將迎來死亡。」

里維斯神色一動，想到生命女神要給安妮的那枚神格——死神，她已經能察覺到即將來臨的死亡氣息了？

「比起這個。」精靈強調，「妳應該先考慮救世的事情。」

安妮回過神，「啊，你相信我們嗎？」

精靈相當無言，「……妳聽起來好像很吃驚。」

安妮摸了摸鼻子，「咳，因為我也覺得自己很像騙子，而且我們也沒什麼證據。我都做好強迫你幫我們帶路的準備了。」

精靈瞇了瞇眼，看起來很想給安妮來上一箭。

他最後還是沒有動手，只是說：「這也是我的直覺，而且我也從最近的冒險者那裡聽說了，命運神殿信奉邪神，我厭惡邪神。」

安妮有些茫然，「啊？什麼？命運神殿……信奉邪神？」

她的表情顯得有些古怪。

「等晚上，妳再來這裡。」精靈沒有再多說什麼，他只是抬起頭看了看天色，神情有一絲眷戀，「月光下的自然之靈會為精靈指出回家的路，哪怕是我這樣的殘缺者，也不會被自然之神遺棄。」

他看起來打算離開，安妮叫住了他。

「等等，你還欠我一個問題。」

「什麼？」精靈看起來有些困惑，「我沒有……」

安妮一本正經地問他：「你數了自己問了多少個問題了嗎？」

精靈搖了搖頭。

安妮：「我數了，你還欠我一個。」

精靈瞇起眼看著她，似乎很想反駁又確實沒有證據，氣鼓鼓地說：「妳還有什麼問題？」

安妮露出微笑，「你的名字，閣下。」

精靈愣了一下，他臉色有些古怪，隨後抬起了頭，「我說過，我不會回答每個問題。」

安妮摸著下巴，「這樣啊，那我只能自己幫你取個代號了，綠色的眼睛，綠色的，小青蛙。」

「阿爾巴那。」精靈板著臉打斷了她，看樣子並不喜歡安妮幫他取的外號。

安妮露出滿意的微笑，「好的，阿爾巴那閣下，晚上見。」

他們轉身離開之後，里維斯問：「妳要去看看弗雷？」

安妮點頭，「反正月亮升起之前我們也做不了什麼，我有點好奇自己看見的死亡的預告，而且……我總覺得那不是不可逆轉的。」

里維斯微微露出笑意，「我知道，我們安妮是個熱心又喜歡湊熱鬧的好女巫。」

「我懷疑你在諷刺我。」安妮瞇了瞇眼睛，「我還想到一件事，里維斯。不被欲望控制的魔王克里曼斯，能夠容忍罪惡的精靈阿爾巴那，你覺得這像不像生命女神描述的景象？」

里維斯神色一動，「世界完整之後，特質將只是特質，這是世界即將完整的表現？」

安妮眸光微動，「命運神沒有留下來對付我，而是去取世界之心，甚至把翡翠城隱藏起來。不是因為祂不想對付我，而是因為祂來不及了，這個世界就要完整了，如果再不取出神格，祂就再也沒辦法取出了。

「我看見了希望，里維斯，只要我們拖住祂，阻止祂取出世界之心，即使沒辦法殺死祂，這個世界也不會毀滅了。」

弗雷沉默地往旅店的方向走去。

他的內心並不如表面平靜，儘管他之前已經有了諸多猜測，但從安妮口中得到證實的時候，心還是沉了下去。

他還是沒想到，他們的神將他們拋棄得如此徹底。

——祂欺騙了所有人。

祂高高在上地看著人類為了活下去奔走、祈禱，最後依然決定要將所有人連同這個世界一起殺死。

弗雷面無表情地在街道上行走，他看見鈴蘭小鎮上的冒險者們還在呼朋引伴，大聲計畫著未來，他們都不知道，這個世界或許已經沒有未來了。

弗雷突然產生一種衝動，也許他該告訴他們，如果更多人知道了命運神的計畫，會不會有什麼轉機。

——應該也不會有。

弗雷很快冷靜了下來，凡人的力量根本無法與神明抗衡，即使讓他們知道了世界毀滅在即，也不過是毫無知覺地死去和無力反抗地死去的區別而已。

他搖了搖頭，前面已經能看見他落腳的旅店。

弗雷的腳步頓了頓，他敏銳地察覺到有些不對。

他出門的時候旅店前面還沒有這麼多小商販，更何況這些商販根本無心招呼客人，反而目光灼灼地盯著店門口。

弗雷拉了拉臉上的面罩。

他一路逃亡，也一路被命運神殿的人追捕，這也是他特地遮掩面容的原因。儘管每一次都成功逃脫了，但他身上也留下了不少傷。

弗雷忍不住苦笑一聲，雖然命運神此刻心裡只有世界之心，但命運神殿的教徒們顯然還不打算放過他這個公然背叛的傢伙。

照理來說，這時候他應該趁對方還沒發現自己，立刻轉身逃跑。

弗雷看了眼旅店靠窗的某個房間，但是喬妮還在裡面，他不可能丟下喬妮一個人離開。

弗雷沉默了片刻，最後還是裝作沒有發現監視者般走了出去，讓自己暴露在那幾個明顯異常的攤販視線裡。

很快幾道視線就集中到他的身上，弗雷停下腳步，似乎察覺到什麼，他遲疑著收回腳步，轉頭朝著集市走去。

幾個小攤販略微猶豫，互相對視一眼，最後還是悄悄跟上去。

確認身後的人跟上了，弗雷突然拔腿加速，身後的追兵陡然一驚，下意識拔腿追上去。

弗雷用餘光瞥了眼身後那群不怎麼專業的跟蹤者，確認他們幾乎全部被引了出來，深吸一口氣，握緊長劍轉身迎戰。

儘管稍微費了一些力氣，但他依然將所有追兵都打倒了，弗雷喘著粗氣，他收起了劍。

他並不意外地看見周圍的冒險者好奇地看著他，在這座都是冒險者的小鎮上，有人起衝突，這是再正常不過的事了。周圍看熱鬧的人群果然也只露出見怪不怪的神色，並沒有過於驚慌。

弗雷直起身，似乎牽扯到了某處的傷口，他幾不可見地皺了皺眉頭，一口氣對付這麼多人，他還是難以避免地受了點傷，再加上之前的……

最麻煩的是他背上的傷口似乎又裂開了。

弗雷面無表情地審視自己的身體狀況，冷靜地得出了並不樂觀的結論，但他還是沉默地提著劍朝旅店走去。

旅店內，喬妮房間的門並沒有關緊，弗雷瞳孔猛地一縮，腦海中不由得閃現不好的猜測，他用力地握緊了手裡的長劍。

——冷靜下來，房間裡並沒有血腥味，她不一定出事了。

弗雷微微抬了抬劍，劍尖抵著門緩緩推開，他看見了屋內的景象。

房間內十分整潔，看起來並沒有經歷過戰鬥，潔白的床鋪上大喇喇地坐著一個身穿盔甲的健壯男子，他朝弗雷笑了笑，「喲，你還是那麼謹慎啊，老朋友。」

弗雷沉默地看著他，不知道自己該鬆一口氣還是該提起心臟。

「奧米洛，你居然來了。」

這位熱愛戰鬥的聖劍騎士性格相當自大，他不喜歡威脅也不喜歡別人插手自己的戰鬥，看到他在這裡，弗雷幾乎可以確定，喬妮一定沒有出事。

但相對的，以他現在的身體狀況，對上奧米洛勝算並不大。

奧米洛扭動著脖子站了起來，他提起手邊的長劍，「命運冕下進入翡翠城去取世界之心了，這種事上我們也幫不上什麼忙，只能做點力所能及的事情了。別擔心，弗雷，你知道我不會對小丫頭出手。」

「我知道。」弗雷微微點頭。

「是嗎？畢竟我們也做了那麼久的同伴，你應該相當了解我。」奧米洛露出個嘲諷的笑容，「我可真沒想到你會背叛，弗雷，我一直以為我們相處得挺好的。」

弗雷沉默著沒有回答。

這句火藥味明顯的寒暄沒有得到回應，房間內就這樣安靜下來，兩個戰士之間瀰漫著奇妙的針鋒相對，忽然奧米洛先動了起來。

他的劍法一向大開大合，手中的重劍毫不留情地朝著弗雷劈頭斬下，他洪亮的聲音與重劍的破風聲同時響起，「那你也做好迎接背叛者的懲罰了吧！」

這一擊其實並沒有那麼難躲，只是他們身在狹小的房間裡，本身就沒有多少空間可以施展，弗雷身後就是走廊，他沉著地握住長劍，不退反進，雙手握劍匆匆攔了一下。

他並沒有打算完全攔下這一擊，反而借勢滑到了奧米洛身前，長劍朝著他的喉嚨揮去。

奧米洛腦袋都沒有晃一下，他直接伸出包裹著鎧甲的拳頭，一拳擋下那一劍，兩人陷入僵持。

奧米洛扯出微笑，「我還沒有問過你呢，弗雷，你究竟為什麼要做背叛者？」

弗雷的眼神沒有閃躲，他沉聲說：「奧米洛，我只是一個平凡的男人，我沒辦法丟下我的妹妹，獨自成為倖存者。」

「那麼你離開有什麼用？」奧米洛嗤笑，似乎在嘲笑他的愚蠢，他抬起一腳踹在弗雷的肚子上，弗雷悶哼一聲，後背肌肉牽扯的痛苦讓他不由自主後退一步。

奧米洛沒有放過這點空隙，他展開了自己的攻勢，一劍一劍聲勢浩大地劈了下去，「背叛神明你也無法拯救她，你們只會一起死，你沒辦法阻止世界重啟！」

弗雷被迫防守，一點點被逼退，直到後背抵上牆壁退無可退，他把長劍橫在身前，「你依然相信神會重啟這個世界嗎？」

奧米洛高舉重劍，「你果然還是被菲爾特蠱惑了，你真的覺得神不會拯救我們嗎？」

弗雷看準機會，猛地滾了出去，他旋身揮出一劍，正斬在奧米洛的盔甲縫隙之間，但奧米洛哼都沒哼一聲，高舉長劍繼續追擊。

弗雷明白奧米洛不會那麼輕易動搖，他從床上翻過，「我決定相信那些瀆神者，奧米洛，我打算站在人類這邊。」

奧米洛一腳踹開礙事的床鋪，試圖抓住左右騰挪逃跑的弗雷，「他們不會成功，無論是菲爾特，還是那名亡靈女巫，他們都沒辦法違背神明！你是親眼見過神明力量的人，為什麼還要做這種愚蠢的決定！」

「那麼我們就接受失敗的代價。」弗雷抬起頭，直視他的眼睛，揮劍將床櫃掃向奧米洛，「即使世界毀滅，哥哥也理應死在妹妹前面。」

「你在說什麼蠢話！」奧米洛眼中閃過不似作偽的怒氣，他劈開弗雷扔過來的床櫃，「你應該活下去，弗雷，你一路從平民爬到三聖騎士的位置，你有才幹、有實力，即使到了新世界，你也能夠大展身手！」

弗雷微微搖頭，面對激動的同伴，他同樣拔高了聲音，「奧米洛，命運神殿近百年來迅速壯大，有多少信徒是因為恐懼死亡才獻上了信仰？

「如你所說，如果我值得活下去，但神卻選擇了拯救只顧自己的、最卑劣的那群人，神做的一切真的都對嗎？」

奧米洛沉聲反駁：「趨利避害是人類的本能！」

弗雷咬牙反擊，他高聲怒喝：「是，趨利避害是所有生物的本能，但災難來臨之時，哥哥會擋在妹妹身前，父母會擋在孩子身前，擁有力量的人會擋在手無寸鐵的人身前，這才是人類這個種族能夠延續至今的高貴品質！」

奧米洛被短暫逼退，他神色複雜地站在房間內，忍不住嘆了口氣，「弗雷，你果然是一個了不起的傢伙，即使是我也被你說得有些動搖。

「但我不會背叛，你只能選擇斬下我的頭顱，或者付出背叛的代價。你受了不少傷，應該快到極限了吧？」

他並沒有被弗雷突然爆發的攻勢逼退，他的內心顯然比他的外表細膩很多，他冷靜地站在原地，等待弗雷力竭的那一刻。

弗雷不斷喘著氣，他雙手握著劍柄，似乎還想逞強地抬起頭，但他搖晃一下，最終還是只能將劍插入地板當作支撐。

他總算勉力站在原地，背後的傷已經洇出了血跡，他的大腦因為失血，不可避免地產生一絲眩暈。

他長長地嘆了一口氣，「果然騙不過你。」

奧米洛再次舉起了重劍，「我不會手下留情的，你知道的，我一向認為讓自己在不太妙的情況下遇見敵人，只能是自己不夠小心。」

弗雷眸光閃動，他居然還露出了笑容，「或許這已經是我最好的結局了，替我告訴喬妮，讓她離開吧，奧米洛，我的朋友。」

重劍斬下之前，窗戶上突兀地響起兩下輕響。

安妮探出了腦袋，「不好意思，雖然你們好像正在深情告別，但我還是前來打擾啦。」

奧米洛如臨大敵，他沉下臉，「女巫！」

安妮笑彎了眼，「你好啊，大個子，你是要我動手，還是選擇自己暈過去？」

儘管安妮這麼說，而且上次他已經和里維斯分出勝負過了，但奧米洛還是選擇奮力反抗，隨後不出意外地在幾回合之後，被里維斯一拳轟進了牆裡。

「咳！」他猛地吐出一口血，難以支撐地滑到在地，擦了擦嘴角的血跡抱怨著開口，「我怎麼覺得這麼久不見，你又變得更厲害了？不死族難道還能不斷變強的嗎？」

安妮露出微笑，像是傳聞裡那種誘惑人墮落的魔女，她開玩笑似地開口：「說不定確實是這樣，死後能激發出格外的天賦。怎麼樣，是不是很心動，不如考慮一下背叛命運神，變成我的眷屬吧？說不定會變得比現在更強喔。」

奧米洛居然還認真地考慮了一下，隨後他搖了搖頭，「不，還是算了。妳打算殺了我嗎？」

安妮好奇地歪了歪頭，「你似乎相當鎮定，你是覺得我不會殺了你，還是並不害怕死亡？」

奧米洛大剌剌地坐下，露出略帶自豪的笑容，「每個勇於挑戰強者的戰士都不會畏懼死亡，在對敵人揮劍之前，就該做好自己可能會倒在對方劍下的準備。

「更何況等神明取出世界之心，這個世界就會重啟，即使妳現在殺了我，我也會在新世界重生的。動手吧，如果妳想殺了我！」

安妮沒什麼意思般聳了聳肩，她看了看弗雷，「他這麼說，你覺得呢？」

弗雷呼出一口氣，坐到了一片狼藉的房間中唯一還完好的椅子上，他略顯疲憊地搖搖頭，「算了吧，喬妮在哪裡？」

奧米洛看了眼隔壁，「就在隔壁房間，我只是跟她換了一間房而已，你妹妹可真是個樂於助人的小丫頭，我說你也該讓她有點防備心。」

弗雷苦惱地搖了搖頭，「如果不是她太愛管閒事，也不會惹出這麼多麻煩來，我明明都讓她無論如何不要打開門了。」

奧米洛笑了一聲，「現在不是挺聽話的？這裡動靜這麼大都沒開門。」

「咳。」安妮清了清喉嚨，「我們來的時候她正在窗臺上試圖偷看隔壁發生了什麼事。」

弗雷：「……」

安妮微笑著點頭，「不用擔心，我沒有露面，只是警告她，讓她不要多管閒事，她就一溜煙鑽進房間裡了。啊，不過如果她真的被我嚇到了，麻煩幫我向她道個歉。」

奧米洛不合時宜地哈哈大笑起來。

弗雷略微點頭，他看向安妮，「安妮閣下，妳特地前來這裡，還有什麼事需要我幫忙嗎？」

「沒有了。」安妮露出微笑，「我只是來做一個實驗。」

弗雷的表情有些困惑，「什麼樣的實驗？」

「解釋起來有點麻煩。」安妮歪了歪頭，並不打算說得太明白，「總之，我的實驗做完了，我要離開了。你之後打算去哪裡呢，弗雷閣下？」

弗雷沉默了片刻，他開口：「為了躲避命運神殿的追捕，或許我會去晴海部族或是金獅帝國。當然，也有可能我們走到一半，世界的毀滅就會到來，但在此之前，我還是會帶著喬妮尋找能活下去的地方。」

「聽起來會是一段很有意思的旅程，如果去晴海部族，可以去臨海城看看，那裡並不在乎居民的出身。如果去金獅帝國，一定要嚐嚐王都的烤肉。」

安妮露出笑容，聽起來就像是在和朋友聊天，說完後她微微行禮，「祝你能夠順利到達旅途的終點，再見了。」

她輕巧地從窗臺上躍下，像一隻展翅的鴉消失在夜色裡。里維斯朝他們微微點頭當作招呼，也很快跟上她的步伐。

如果不是半開的窗戶和被丟在地上的奧米洛，弗雷都要懷疑她的出現是不是一場幻覺。

安妮從旅店窗臺離開之前，回頭再看了弗雷一眼，她忍不住皺起眉頭。里維斯注意到她的表情並沒有變輕鬆，他低聲問：「怎麼了？」

安妮疑惑地抓了抓腦袋，「雖然我們救下了弗雷，但我看他的時候，覺得他即將死亡的預感並沒有消失。」

里維斯微微皺眉，夜色已經逐漸暗下來，他們該去赴精靈的約了。

安妮離開房間後，弗雷沉默地休息了片刻，然後看向盤腿坐在地上並不打算離開的奧米洛，「你應該不是站不起來吧？還坐在那裡幹什麼。」

奧米洛苦著臉說：「拜託，你不知道那小子一拳有多少分量，真是太可怕了，我覺得我的肋骨最起碼斷了兩根。」

「呵。」弗雷笑著搖搖頭，「如果真的斷了兩根肋骨，你現在恐怕都不能好好跟我說話了。」

「總之。」奧米洛強調道，「我現在是你的戰俘，要怎麼處置我得聽你的，你有什麼打算？」

「沒有誰要俘虜你。」弗雷有些無奈，「我都沒有捆住你，你隨時可以離開。」

奧米洛沉默了片刻，他低聲問：「喂，弗雷，你真的打算就此離開嗎？」

弗雷沒有回答。

就在奧米洛要放棄得到答案的時候，牆壁那邊忽然傳來輕輕的敲擊聲，房間內的兩人同時一愣。

敲擊聲再次響起，一下一下，輕輕地敲擊著牆壁——是從喬妮那個房間傳來的。

奧米洛忍不住問：「這是你們之間的什麼暗號嗎？確認安全之類的。」

弗雷皺緊了眉頭，微微搖頭，「沒有。」

他只交代過，讓喬妮最好假裝屋內沒有人，但看樣子她並沒有聽話。

奧米洛奇怪地抓了抓腦袋，「那她是在做什麼？」

弗雷試探著敲了敲牆以做回應。

牆壁那邊的敲擊聲消失了，沒過多久他就聽到了房間門口喬妮關切的聲音，「先生，你沒事嗎？需要我幫你叫警衛隊嗎？或者我去向樓下的冒險者求助！」

奧米洛的表情變得有些古怪，他忍不住露出微笑，揶揄道：「你妹妹可真是相當熱心……你說我要是喊一喉嚨『需要』或者『救命』會發生什麼事？」

弗雷瞥了他一眼，費力地站起來走到門口，面無表情地打開了門。

「先……咦，哥哥！你怎麼會在這裡？我明明讓店家提醒你，我換房間了的。」喬妮的聲音顯得有些疑惑，隨後她似乎看見房間內的慘狀，驚訝地張大嘴巴，「這、這裡面是怎麼了？」

「先進來。」弗雷把她拉進房間，喬妮又看見倒在地上的健壯中年男子，當場嚇了一跳。

她茫然地瞪大眼睛，隨後像是明白什麼一般，惶恐地瞪大眼睛，「哥哥，你不會是以為他對我做了什麼吧？不是的，我只是跟這位先生換了房間。」

「我明明跟妳說無論如何都不要開門的。」弗雷嘆了口氣。

喬妮囁嚅著回答：「但是、但是他非常懇切……」

弗雷指了指倒在地上的奧米洛，「這是奧米洛，命運神殿的聖劍騎士。」

喬妮茫然地瞪大眼睛，似乎不敢相信自己被騙了。

奧米洛爽朗地笑了，「哈哈，不好意思啦，小丫頭，確實是我騙了妳。不過我也沒想到妳居然這麼好心腸。」

喬妮似乎有些生氣，她臉上青一陣白一陣，最後還是氣鼓鼓地反駁：「力所能及地幫助別人不是應該做的嗎？」

弗雷看著喬妮，沉默地移開了視線，「喬妮。」

喬妮低下頭，「好吧，我知道我們在逃亡中，我不該多管閒事的，對不起哥哥。你好像受傷了，沒事吧？」

奧米洛的笑容僵在臉上，他有些無奈地抓了抓腦袋，「我說，弗雷，你是不是把你妹妹教得太、太好了。」

他似乎找不到一個合適的形容詞，只是單純覺得，喬妮有些時候善良得過分了。

「喬妮。」弗雷鄭重地看著喬妮，「如果是妳的話，在世界毀滅之前，妳會做些什麼？」

喬妮似乎覺得今天自己的哥哥格外奇怪，但她還是認真思考了一下，「如果世界就要毀滅的話，我可能會去大吃一頓，然後把存了好久都捨不得買的那條裙子買下，還有……總之，就是希望不要留下任何遺憾吧。」

弗雷看著她的表情逐漸溫和，喬妮掰著指頭數了一遍自己的願望，然後抬起頭，「不過，如果可以的話，我還是希望能夠阻止世界毀滅。畢竟我好像還有很多沒有實現的事，時間也太緊了。」

弗雷沉默下來，場內的兩個人都沒有開口催促，他們好像就在等弗雷做出一個決定。

弗雷看向奧米洛，目光微微閃動，「你現在是我的戰俘對嗎？你會聽從我的安排嗎？」

奧米洛撇了撇嘴，「聽起來你似乎要做什麼危險的事情，我的理性告訴我不要跟你摻和在一起，但是……」

弗雷嘆了口氣，「我記得你不是這麼拖拖拉拉的性格？」

奧米洛瞪他一眼，「誰拖拖拉拉了！做就做，我早就想過有一天會死在戰場上。」

弗雷露出微笑，喬妮卻有些不安，她眸光閃動地看向弗雷，「哥哥……

你要去做什麼？」

弗雷沒有回答這個問題，他伸手揉了揉喬妮的腦袋，「回去房間吧，喬妮，不要出來。再等我一段時間，處理完一些事情，我就會回來了。」

喬妮不安地看著他，最後還是一邊回頭一邊走回了自己的房間。

「天快要黑了，早點睡吧，我很快就回來。」弗雷溫柔地看著她。

奧米洛沉默地看著他，等到喬妮回到房間，才開口道：「說說你的計畫吧。」

弗雷轉過身。

「我以前覺得菲爾特是個瘋子。」奧米洛忍不住嘀咕，「現在看來你才是那個瘋子。」

弗雷看著他，「願意跟隨我的計畫，你也是個不遑多讓的瘋子，奧米洛。」

奧米洛扯出張狂的笑容，「我對永生啊、復活啊，這種是本來就沒有多少興趣，但我向來喜歡冒險，和強者的戰鬥。」

弗雷露出了笑容。

Getaway Guide for Necromancer

CHAPTER 9

【翡翠城】

安妮和里維斯回到精靈之森的時候，精靈阿爾巴那已經在湖泊前等著了。

看到兩人過來，他並不怎麼友好地瞥了他們一眼，「來得太早了，就這麼著急嗎？」

安妮露出微笑，「你不也是早早等在了這裡？」

阿爾巴那瞪了她一眼，「我不是在等妳！」

安妮煞有其事地點點頭，「我知道，你只是在等時間。我們提前來，也不是為了別的，就是來和你熟悉一下。」

阿爾巴那撇開頭，「我沒打算和你們打好關係。」

安妮半點不怕生地坐到他身邊，一臉嚴肅，「是這樣的，就算不打好關係，我們也得擁有默契，畢竟等一下的計畫很重要！」

聽她說起正事，阿爾巴那勉為其難扭回了腦袋，「要說什麼？」

安妮遞過去一塊麵包，表情嚴肅，「先從分享共同的食物開始！」

阿爾巴那無語了。

安妮的語氣真摯，「你沒有聽說過嗎？大陸上許多重要戰爭之前，王們會喝同一碗酒來締結盟約。我不喜歡喝酒，就用麵包代替一下。」

阿爾巴那毫不動搖，「我不吃人類的食物。」

安妮收回了麵包，嘖，同樣都是沒見過世面的種族，這傢伙怎麼就沒藍蛋蛋魚那麼好騙呢。

天色徹底暗下來，太陽的最後一絲餘暉也收斂起來，安妮轉過頭問：「到時間了嗎？」

阿爾巴那抬起頭，「再等一下。」

又等了片刻，天空從深藍的薄紗變成了深藍的緞面，安妮再次轉過頭問：「現在呢？」

阿爾巴那嘆了口氣，「妳能不能耐心點。」

安妮只好眼巴巴地繼續抬頭。

終於，一輪皎潔的銀月高掛上枝頭，阿爾巴那終於站了起來，「可以了！」

他一轉頭，卻看見安妮不知道什麼時候已經打起瞌睡，剛剛似乎被嚇了一跳，此時欲蓋彌彰地睜大眼睛，下意識解釋道：「我沒睡著！」

阿爾巴那無言了，「……妳真的有打算拯救這個世界嗎？」

「就交給我吧！」安妮站起來拍拍斗篷上沾到的草葉，信心滿滿地挺起胸膛。

里維斯清了清喉嚨，安妮立刻明白他的意思，迅速改口說：「咳，也不能交給我一個人，也要拜託你啦！」

阿爾巴那皺著眉頭看了她片刻，最後還是搖了搖頭，「那我走了。」

安妮看著他取出腰間的木管，放到嘴邊，悠揚的曲調在森林中響起，彷彿夏日的風拂面而過。阿爾巴吹奏短短一小節，但他放下木管的時候，音樂並沒有停下來。

森林中的蟲鳴、鳥鳴接了上來，這些大自然的演奏家們，默契地把這首輕快的曲子繼續了下去。

安妮驚訝地看見，自己腳下的綠植幾乎飄逸出濃郁到肉眼可見的木系元素，這些星星點點的木元素如同螢火蟲般飄起來，搖搖晃晃地匯聚成一條光路。

阿爾巴那看起來並不吃驚，他漂亮的碧綠眼眸注視著這一切，帶著難以言喻的憂傷。

他沒有多猶豫，轉身踏上那條光路，一路走進了森林深處。

安妮和里維斯站在原地，並沒有輕舉妄動。翡翠城沒有顯現，但阿爾巴那應該是找到了回去的路。

安妮眨眨眼睛，「他明明就要回家了，看起來卻並不高興。」

里維斯搖了搖頭，「安妮，不是每個人的家都令人懷念而溫馨。」

阿爾巴那跟著自然之靈的指引，一路來到了一棵樹前。光路到這裡就消失了，還沒有消散的自然之靈們點綴著這棵平凡的樹，讓它看起來像是某種傳說中的植物。

不過，實際上這棵樹和精靈之森中所有的樹木並沒有什麼不同，甚至看起來還有些營養不良，沒人能想到，只要一頭鑽進這棵樹中，就能到達傳說中的翡翠城。

當然，如果沒有精靈的帶領，沒有自然之靈的指引，一般人就算碰巧撞到這棵樹上也未必能夠進去。

它需要足夠多的木元素才能開啟，而每次作為出口的樹木也不會相同，即使記住地方也沒什麼用。

阿爾巴那目光複雜地看著那扇門，他知道門之後就是他魂牽夢縈的故土，也是將他驅逐的悲傷之地。

他搖搖頭，暫且忘記這些執念，他跨過了門。

門之後的世界陡然不同，即使這麼多年未見，這裡也幾乎絲毫沒有變化。阿爾巴那明白，百年對壽命漫長的精靈族來說，也並不是太長的時間。

還沒等阿爾巴那邁出一步，一枝箭就帶著破風聲釘在他的身前。

幾名身材高挑的精靈出現在了他面前，只不過看起來並不是來歡迎他回家的。

「被驅逐的殘缺者，你已經被禁止進入翡翠城。」

阿爾巴那沒有打算反抗，他甚至沒有取出自己的弓箭，只是開口詢問：「我看到翡翠城消失了，知道是你們啟動了防護魔法陣，翡翠城發生了什麼事？」

「這與你無關，離開這裡！」

他們的態度在預料之中，阿爾巴那並沒有洩氣，他抬起頭，想起安妮教導的方法，努力讓自己看起來不像在說謊，他說：「我大概知道發生了什麼，精靈之樹有救了是嗎？我聽說一位神明來到這裡，請讓我見見祂吧，如果是神明，應該能夠挽救殘缺者！」

兩位精靈稍微有些動搖，他們對視了一眼，有些拿不定主意。

——真的有用。

阿爾巴那有些驚訝，或許是這些正直的精靈根本沒想過，同為精靈的阿爾巴那會說謊。

阿爾巴那壓下那點心虛，他繼續說道：「就算神明無法挽救殘缺者，那在祂治癒世界之樹之後，我也能儘快回到母親樹的懷抱，這次我一定會成為一朵好的花。」

兩位精靈總算被他說服了，精靈是相當重視同伴的種族，阿爾巴那明白這麼說會取得效果。

「跟我們過來吧，這件事要問過王。」其中一位開口說道。

阿爾巴那總算鬆了一口氣，在兩位精靈放下弓箭為他帶路的時候，他悄悄將握在手中的一支小骷髏指節丟了下去。

精靈之森內的安妮睜開了眼睛，她轉頭看向里維斯，「他進去了，我們也要走了，里維斯，你準備好了嗎？」

里維斯露出微笑，看著她說：「別擔心，安妮，我一直在這裡。」

安妮活動了一下手腕，雖然她戰鬥的時候幾乎不用什麼大幅度的動作，但做這種熱身，似乎能有效舒緩緊張。

安妮小聲嘀咕：「雖然我知道這時候不該說喪氣話，但我還是有點擔心，萬一我們一進去就撞上命運神，祂一抬手就把我們捏成灰……」

里維斯溫柔而堅定地握住了劍柄，「那我們就會變成同一捧灰。」

安妮忍不住露出微笑。

里維斯垂下頭，「妳不是一個人來的，安妮，我帶著格林的佩劍，身上還有尤莉卡塞給我的火系卷軸。」

安妮也摸了摸自己身上的小斗篷，似乎從這個動作裡找到了不少勇氣，她露出微笑，「是的，我心愛的小斗篷是里安娜做的，每一個魔法都是媞絲、梅斯特、戈伯特教給我的。走吧，里維斯。」

她伸出手，里維斯溫柔地握上，他們一起邁入傳送門中。

睜開眼的一瞬間，安妮就明白了這座城池為什麼叫做翡翠城。眼前有一棵巨大的樹，它的根系如同土龍深深鑽進地底，粗壯的樹幹朝著天空舒展，幾乎頂天立地，茂盛的枝葉晶瑩剔透，如同上好的翡翠。

安妮沒想過翡翠城是這樣的景象，精靈們在世界之樹較為粗壯的樹幹上搭建了樹屋，這棵樹就是翡翠城。

這確實可以稱為奇觀，然而安妮此刻無心欣賞——因為這座翡翠城根本沒有可以躲避的地方。

樹幹上的精靈們箭尖已經瞄準了他們，安妮感覺到宛如實質的殺意。

「人類，妳怎麼能夠進入翡翠城！」

安妮眨了眨眼睛，「因為我是一名了不起的空間魔法師。」

她這是隨口胡說的，安妮會一些空間魔法，但也不算太過擅長。

要說擅長還是里安娜，畢竟她都能運用空間魔法做出一件有好多個口袋的小斗篷。

精靈們面面相覷，他們再次出聲：「離開這裡，翡翠城不歡迎人類！」

安妮露出苦惱的神情，「啊，可是我必須到這裡來，畢竟是一位神明請我來的。」

精靈們有些震動，翡翠城來了一位神明並不是誰都知道的消息，這個人類為什麼會知道？

安妮並不是在白白和他們廢話，她是在拖延時間，希望生命女神能夠快點感應到她就在這裡，趕緊把神格遞過來。

但目前看來似乎還不太行，安妮嘆了口氣，果然就像阿爾巴那推測的那樣，光靠近世界之樹還是不夠，得靠近世界之心，那裡才是真正的世界之門。

有精靈試探著問：「是哪位神明叫妳過來的？」

「生命女神。」

安妮並沒有說謊，為了增加自己的可信度，她露出微笑，「啊，但是我要去的地方就是命運神現在在的地方，能讓我看看世界之心嗎？」

精靈們並沒有放鬆警惕，安妮看見一個精靈姿態輕盈地在樹枝間縱躍，似乎是要去找什麼人。

安妮決定耐心地等待片刻，為了展現自己的友好，她微笑著讚美在場精靈們的美貌，「喔，這位漂亮的精靈閣下，您的綠眼睛似乎比其他人的更大一些。」

「住嘴。」

安妮並不氣餒，轉頭看向另一位，「喔，這位英俊的精靈閣下，您淡金色的短髮也有種別樣的美！」

「閉嘴，妳這個輕浮的女巫！」

安妮眨了眨眼睛，轉頭看向里維斯，小聲詢問：「是我讚美的方式不對嗎？我都是跟梅斯特學的啊，他說他的女人緣可好了，而且那麼漂亮的忒彌斯都被他騙到了手，怎麼對精靈就行不通了？這個種族是不是有點壞脾氣？」

里維斯目光複雜，「大概……是不太對。」

剛剛那一瞬間，他在安妮身上看見王都裡的輕浮浪蕩子的影子。

「女巫，你們在說些什麼！」

安妮眨了眨眼睛，有些遲疑，「啊，你要聽嗎？可是你聽了也許會生氣……」

「老實交代！」

安妮認真地點頭，「好吧，也不是不能告訴你，我們在討論怎樣讚美精靈才能讓你們不生氣。」

「收起妳虛偽的把戲！」

安妮無辜地撇了撇嘴，「我就說你們會生氣……」

里維斯露出無奈的神色。

安妮看見精靈們逐漸讓開一條道路，一位長髮垂至腳跟的尊貴精靈，從世界之樹的高處走了下來。

他並沒有如同其他精靈一般縱躍，但他每走出一步，世界之樹的枝葉都會伸出在他腳下，為他形成臺階。

安妮挑了挑眉毛，她能感覺到，這個精靈十分強大，也許有魔王克里曼斯的水準，想必就是傳說中的精靈王了。

精靈王也注視著她，「我感覺到一位強大法師的氣息，尊敬的閣下，精靈族正面臨考驗，我不能讓妳接近世界之心。」

安妮瞇起眼睛，打量著這位精靈王。

他表面看起來風輕雲淡，但實際上對自己也相當戒備，看樣子只要安妮輕舉妄動，他也會立刻出手阻攔。

——這幾乎已經是把她當作敵人看待了。

回絕安妮的請求也相當乾脆，一副並不打算問問理由的樣子，看來應該是對命運神相當信任。

安妮在「據理力爭」和「直接硬闖」中稍微搖擺了一下。

可以的話，她並不想對精靈族出手，但這個種族的固執和正直同樣出名，安妮嘆了口氣。

「或許你們不會相信，但我得提醒你們一下，那位神明正計畫著毀滅世界，他並不是要拯救你們的世界之樹。」

「妳以為幾句話就可以動搖我們的信仰嗎？」精靈王嗓音空靈，但又帶著奇異的威嚴。

安妮有些好笑，「精靈族什麼時候改信命運神？你們不是自然之神的信徒？」

精靈王稍微沉默，他再次開口：「精靈的信仰永不動搖，但這位神明幫助了我們，我們自然也會給予他所希望的回報，比如——不讓任何人接近世界之心。

「離開這裡，女巫，或者承受精靈族的怒火。」

安妮奇怪地挑了挑眉毛，她絲毫沒有收斂氣息，命運神一定已經知道她來了。

但祂沒有現身，或者說，早早就安排了精靈族前來阻攔她，難道是取出世界之心需要什麼特殊的步驟，祂沒辦法離開？

安妮露出微笑，裝作十分篤定的模樣說：「這樣啊，不讓人靠近也不能現身，看來命運要取出世界之心也不是那麼容易，祂一定陷入了某種麻煩裡，不能隨意離開吧？」

精靈族果然是一個藏不住心思的種族，儘管精靈王依然沉穩，他周圍的精靈們卻緊張地握緊了武器。

安妮饒有興致地歪了歪頭，「我猜對了？」

「狡猾的人類！」

有精靈憤怒地開口斥責。

「不是我太狡猾，是你們太傻呼呼了。」安妮遺憾地聳了聳肩，「雖然我覺得這樣也挺可愛的，但是抱歉，我現在沒時間耽擱了。」

安妮稍微有點擔心，因為不僅命運神沒有出現，說讓她前來世界之樹的生命女神也沒有出現。

要是考慮到比較糟糕的情況，不僅命運神無法離開世界之心，祂同樣用這種方法把其他外神堵在了這個世界之外。

精靈王也沒有廢話，他略微抬手，無數精靈的箭尖再次瞄準安妮，毫不猶豫地奔射而出。

安妮正想召喚什麼，忽然臉色變得有些古怪。

她最終抬手，周圍落下了具有腐蝕性的黑色雨滴，將木製的箭尖迅速腐蝕殆盡。

偶爾有幾枝漏網之魚，也被里維斯悉數攔下。

他敏銳地察覺到了安妮的不對勁，他迅速接近，低聲問：「怎麼了？」

安妮的臉色有些不太好看，「我感受不到其他的不死生物，不知道是因為翡翠城本身的問題，還是命運之神做了什麼準備。」

里維斯也跟著皺起眉頭，「那冥界之門？」

安妮嘆了一口氣，「能感應到，但我同時也感應到，門後是空的，現在召喚過來也多半只能當個盾牌用。我現在能動用的不死生物，只有和我直接定下契約的那幾個。」

里維斯微微抬頭，隱蔽地看了一眼世界之樹的高處，「看來命運神也沒有完全不把我們放在眼裡，祂也做了準備。」

精靈們並沒有衝上來肉搏的打算，他們站在原地進行一輪又一輪齊射，看樣子也不是一定要殺死他們，只是要將他們攔在原地。

安妮有些無奈地露出微笑，「看來他們也不想殺我們，這算是精靈的溫柔嗎？」

里維斯看了安妮一眼，眉頭緊皺，「別跟他們糾纏，直接去世界之心！」

安妮微微點頭，兩人忽然朝著精靈王猛地奔跑起來，有精靈大喊：「阻止他們！」

里維斯一把抱起安妮，長劍揮開追隨而來的箭矢，直到到達世界之樹前，他一把將安妮往粗壯的樹枝上拋去。

正在這根樹枝上的精靈毫不猶豫地抽出了匕首，安妮在落下之前微微露出笑意，手掌伸開後握拳，那位精靈立刻痛苦地捂著心臟，一頭栽倒下去，他的同伴飛躍而來接住了他。

安妮一邊繼續向上跳躍，一邊回過頭露出歉意的微笑，「幸好精靈也擁有心臟，不然我都不確定這個魔法會不會生效。」

側身避過追擊而來的匕首，安妮並不緩慢地往上攀爬，她餘光瞥見身後的里維斯攔住了精靈王，跟在她身後的只有原本就站得比較高的精靈。

眼看著身後的精靈就要追上，安妮一個翻滾抓住另一根樹枝，姿態輕盈地換了一條路徑。

她有些得意地笑了，「我也是在森林裡長大的孩子，別以為法師不會肉搏啊！」

安妮數著枝節，阿爾巴那告訴過他們，世界之樹是可以進入的，但只有精靈王有這個資格。他還沒有離開精靈族的時候，曾經見過精靈王進入世界之樹中央。

就在從地面數起的第五個枝節處，安妮停在了這裡。

「停下，女巫！」

身後精靈的聲音明顯緊張起來。

安妮伸出手敲了敲，「你好，裡面有人嗎？」

沒人應答，她的手並沒有如她想像中穿透樹幹，看來世界之樹的大門打開也需要另外的「鑰匙」。

但是很可惜，她現在沒有時間了。

安妮沒有理會身後的呼喊，她抽出一張火系卷軸，毫不客氣地朝著眼前的樹幹砸了過去。

巨大的火球帶著硫磺的氣味呼嘯而出。

事實證明，即使是世界之樹，也會害怕火焰，翡翠般的綠葉在火舌的舔舐下迅速捲曲乾枯。

身後的精靈目眥欲裂，「該死的女巫！妳居然敢傷害世界之樹！」

安妮並沒有在意這些，她仰起頭注視著這扇門，「命運神閣下，您該現身了吧？不然就算我今天死在這裡，以後神界也會流傳著祢被區區一個凡人堵著門打還不敢露面的傳說喔？」

她這話說得相當挑釁，但心裡也並沒有底。

忽然眼前的樹幹如同水面一般泛起了漣漪。

安妮神色一動，迅速後撤跳往另一根樹枝，巨大的冥界之門應召而來擋在她身前。

樹幹內伸出來一隻青年的、蒼白的手，「咚」的一聲敲在冥界之門上，發出了驚天動地的聲響。

「我還以為妳已經被憤怒沖昏了頭腦，原來是有備而來嗎？」

神降於菲爾特身體上的神明從世界之樹中走了出來，祂沒有再穿騎士盔甲，穿著一身淡雅的白色長袍，看起來倒是更像神明了一點。

不知道是不是安妮的錯覺，菲爾特的身體看起來更加蒼白、瘦弱了一些，聯想到之前弗雷曾說他正在不放棄地尋找殺死自己的方法。

安妮嘆了一口氣，「祢身為神明，怎麼也得照顧好自己的容器吧，至少得讓他好好吃飯。」

命運神似乎沒想到她會說這個，祂饒有興趣地抬了抬眼，「安妮．福爾斯特，妳真是個有趣且愚蠢的人類。」

安妮奇怪地看了祂一眼，「什麼？」

「我差點忘了，妳是孤兒，妳並不知道自己的姓氏。」命運神眼帶憐憫地微微搖頭，「但我能看見，我能看見妳的命運。妳以為我不能脫身，所以才這麼挑釁嗎？我原本以為，在翡翠城這個特殊的地方，有精靈王存在就足夠殺死妳了。」

「那祢可能稍微小瞧了點我。」

安妮露出微笑，半點不露怯地虛張聲勢，「而且我也沒感覺到有什麼特殊的。」

命運神笑道：「精靈族開啟的這個防禦魔法陣，是自然之神留給他們最珍貴的饋贈。一旦開啟，就彷彿遠離菲特大陸這個大世界，暫且成為了一個獨立的小世界，所以妳在這裡打開的冥界之門，也不過是通往這個小世界的冥界而已。」

安妮神色一動，「……精靈不會死亡，也沒有骸骨，他們只會藉由世界之樹不斷輪迴，所以我在這裡找不到任何不死族作為幫手，除了跟著我前來的里維斯。」

還有阿爾巴那幫忙帶進來的骨節，不過這個安妮還不打算告訴他。

命運神讚許地點點頭，「沒錯，以凡人之軀和神明戰鬥本來就是一件愚蠢的事情了，更何況還在這種劣勢下。」

「但說實話，安妮．福爾斯特，我們之間並沒有不可化解的仇怨，我也並不打算阻止妳成為神。或者說，我希望妳能夠快點成為神，這樣妳就能理解，無論是這個世界，還是所謂整個世界的生命，都不是什麼大不了的事，這本身就是神創造的，神也自然有權力收回一切。」

安妮神色微動，「不知道是不是我的錯覺，今天的命運神似乎格外親切。」

命運神神色不變，「我本來就是個仁慈的神明。」

「噗哧。」

安妮忍不住笑了出來，她仰起頭看向命運神，「您好像並不太會說謊，尊敬的神明閣下。祢並沒有離開世界之心吧？剛剛祢伸出來的那隻手，我確實感覺到了神之力，但是現在站在我眼前的這個『神』，卻好像只是一個幻影。

「這樣看來，我做的事是正確的，祢確實沒辦法脫身，也不希望我打擾世界之樹，祢在拖延時間。」

安妮抬起手，剛剛的火球已經熄滅，但世界之樹頂端醞釀起一片烏雲，她露出隱含瘋狂的笑容。

「我勸祢還是出來吧，尊敬的神明閣下，祢應該明白了，我不是那麼好糊弄的。無論祢在做多麼重要的事，也得暫且放下了，祢得殺了我，才能回去繼續。

「別擔心我沒帶兵馬，就算要我掄起冥界之門當作武器，我也會礙事到底的。」

Getaway Guide for Necromancer

CHAPTER 10

【反叛的騎士】

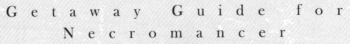

命運神的幻影逐漸消失，在安妮醞釀的詛咒之雨落下之前，世界之樹的枝幹上再次顯現水一般的漣漪，命運神面無表情地跨了出來。

儘管祂依然保持著神無悲無喜般的高貴神情，安妮還是覺得能從祂臉上看出一絲惱怒。

她微笑著問候：「我叨擾到您了嗎？您前功盡棄了嗎？」

命運神的目光落到安妮身上，祂瞇起了眼，「我還真是小瞧妳了，託妳的福，我又得花好一陣工夫才能取出世界之心。」

「那可真是恭喜了。」安妮露出真誠的笑容，「能給您添上一點麻煩，真是我最大的榮幸。不過在我面前，您也用不著用『世界之心』這種代稱了吧？不如直說這是您的神格，貪生怕死的神明冕下。」

「真是個不討人喜歡的小鬼，妳該對神有點敬畏之心。」神明冷眼看著她，安妮感覺到祂身上瀰漫出來的神性威壓。

「咚」，空蕩蕩的冥界之門再次攔下一擊。

命運神的威壓宛如實質，以祂為中心捲起了風暴。

祂懸浮在半空，目光威嚴，聲音似乎在整個世界之間迴響，要將安妮這個區區人類碾壓成泥。

狂風吹起她的長髮和衣袍，安妮毫不畏懼地抬起眼，「這可真是遺憾，不過在大部分人眼裡，我可是很討人喜歡的。」

上一次他們交手，安妮還只有被動挨打的份，安妮認真思考了一下，這次她的處境好像也沒有太大區別。

畢竟短短的時日裡，她也並沒有突飛猛進，唯一有了長足進步的只有她的膽子，也不知道是不是生命女神給予的勇氣，讓她在如此劣勢之下還敢在命運神面前虛張聲勢。

命運神抬起了眼，祂背後忽然浮現出一面鏡子，鏡子裡沒有映照出任何人的樣子，只有一條奔騰不息的河流。

安妮下意識朝著那裡望過去，恍惚間她似乎看見自己的一生，那些她毫無記憶的時間也浮現在她眼前。

一名笑起來和她有七八分相似的黑髮女子，溫柔地撫摸著自己隆起的肚子，她身側是一位褐色短髮、笑起來有些害羞的年輕男子，兩個人居住在一間很小、卻十分溫馨的紅屋頂房子裡。

安妮眨了眨眼，她一轉眼看見還在襁褓中的自己，她的父親笨手笨腳地照顧著她，把她惹得哇哇大哭，最後還被母親無情地趕走。

這個時間她應該還沒有任何記憶，但此刻透過那面鏡子，一切都浮現了出來。

安妮猛地一驚，她清醒過來——命運神在查看她的命運！

她不再猶豫，醞釀已久的詛咒之雨落下，雖然不知道命運神打算幹什麼，但總之不能讓祂如願！

命運神只是微微抬眼，祂的身軀外微微發光，黑色的雨水彷彿被消融一般隔絕在祂身外，安妮忍不住皺了皺眉頭，看樣子不起作用，難道她真的要掄起冥界之門砸上去？

命運神忽然眉頭一皺，安妮如臨大敵，但對方卻沉默地一揮手，將那面鏡子轟在了她的冥界之門上。

安妮的表情一瞬間有些呆滯，她以為命運神動用這面看起來就大有來頭的鏡子，是有什麼防不勝防的招數要用，結果居然是物理攻擊啊？

不過很快她就發現，冥界大門被命運神的鏡子纏上後，就沒那麼方便用來當盾牌了。

自從命運神現身之後，精靈族也沒有再貿然插手戰鬥，里維斯藉機趕到了安妮身邊。

命運神的攻擊毫不留情，如同安妮之前猜測的，祂並不是擅長戰鬥的神明，但即便如此，祂舉手投足之間的威力都足以輕易殺死一個凡人。

祂限制住了冥界之門，等於是控制住安妮目前唯一能夠稱得上神級的手段，之後祂伸出手，「我很好奇，安妮．福爾斯特，我沒有看見妳之後的命運。」

安妮喘著氣，她還不是真正的神明，支撐冥界之門的消耗就讓她十分吃力，但她還是笑著抬起頭，「很稀奇嗎？」

「不，也不是那麼少見。」命運神居然也不是那麼著急了，他似乎覺得勝券在握，「命運的長河奔流不息，在隨時都有可能變化的情況下，也會有看不清命運的情況。我有些好奇，因為現在無論如何看起來，妳都是必死無疑了，讓我聽聽看，安妮．福爾斯特，妳還有什麼招數嗎？」

安妮好奇地歪了歪腦袋，「原來祢也並不能看穿所有的命運，那麼尊敬的神明，這個世界即將毀滅的命運，也真的是您看見的嗎？」

「呵。」命運神居然笑了一聲，「妳以為七大災的預言是我胡說的？

「不，那確實是我從命運長河裡看見的。而我看見的每個未來，都無從更改。我知道妳在等什麼，妳在等生命女神，但即使祂來到這裡，祂也拯救不了這個世界，我已經看見世界毀滅的未來。」

安妮沉默地抿了抿唇，她下意識捏緊了拳頭，她不清楚命運神到底是不是在說謊。但祂沒有著急殺死她，反而像是好奇發展一般等著什麼發生，看起來就像是……對自己看見的命運有絕對的自信。

祂已經看見世界毀滅的命運了，所以祂毫不害怕安妮拖延時間。

安妮虛張聲勢地笑了笑，「我還有一頭跟我簽訂了契約的骨龍，我並不是毫無還手之力。」

命運神悲憫地搖搖頭，「算了，既然沒有定數，那麼就此死亡也是一種可能。」

祂伸出了手，就在同一瞬間，整個翡翠城都搖晃起來。

精靈們再次驚慌失措，安妮下意識看向世界之樹的樹幹，難道是生命女神來了？

然而樹幹並沒有泛起漣漪，只有整座翡翠城如同地震一般搖晃了起來，安妮驚訝地看見世界之樹的根系之下，慢悠悠地爬出一具骸骨。

他身上穿著的衣服早就腐爛過頭，只剩下幾片布條，他低下頭看了看自己，似乎覺得不太好意思。

安妮下意識瞪大眼睛，她不可置信地看著那個有些熟悉的身影，他彎腰從地下取出一個有些破爛的手提箱，安妮的淚水一下掉了下來。

「戈伯特！」

——她不可能忘記那個寶箱。

那個手提箱在小時候的她眼中簡直是這個世界上最了不起的寶貝，被她不小心弄壞的洋娃娃，只要放進去再加上一團新的棉花，等戈伯特碎念完一些奇奇怪怪的咒語後，就會神奇地變成一隻完好的娃娃。

之前搜尋精靈之森的時候她其實也悄悄尋找了戈伯特的封印地，但卻一無所獲。她知道現在不是尋找他骸骨的時候，所以也沒有提及，沒想到他在這裡，他根本不是被封印在了精靈之森，他的骸骨就在翡翠城內！

「安妮？我的好孩子，妳怎麼會到這裡來。」那具骸骨顯然也認出安妮了，他看見命運神抬了抬手，忽然一個閃身到安妮身前，他的身軀立刻崩碎成碎骨，然而在碎裂之前，他打開了那個箱子。

「喀噠」一聲，破爛的箱子打開，似乎有吸力一般把戈伯特的殘骸吸引進去，一陣「卡啦卡啦」讓人牙酸的聲響過後，戈伯特又變成一具完整的骷髏，從箱子裡站出來。

他有些為難地看著掛在自己脖子上的領帶，歉意地說：「抱歉，剩的這些布料實在是不夠做一件體面的西裝了。」

安妮用力吸了吸鼻子，她茫然地睜大眼睛，「戈伯特，你怎麼會在這裡？聖光會記載你是死在了精靈之森內。」

「真是的，他們怎麼能把妳捲進來。」戈伯特抱怨一句，但還是溫柔地為她解釋了，「我進入過翡翠城，悄悄留下了這個鍊金道具——赫菲斯托斯之箱。他們以為封印住了我，實際上我的靈魂和屍體依然被箱子吸引到了翡翠城。至於我現在甦醒過來，是聽見一位老熟人的呼喚，里安娜不在這裡嗎？」

安妮茫然地搖搖頭，「不，她應該不在這裡。」

「這也是變數之一嗎？」命運神饒有興趣地看著他們，「但他依然是個凡人，那個鍊金道具也並不能改變……」

「喔，您說得對。」戈伯特真誠地點頭，「赫菲斯托斯之箱是我的得意之作，但實際上它並不能增加任何戰鬥力，並且也只能作用於所有沒有生命力的物品。而將鍊金術使用在亡靈身上，簡直就像是鑽了鍊金法則的漏洞，因為它確實是一種生物，但也沒有生命力，我將之稱為天才的結合……咳，不好意思，我說起這些就容易沒完沒了。

「真是失禮，我還沒有請問您的姓名，這位看起來十分強大的先生，請問您是？」

安妮清了清喉嚨，「咳，祂是命運神。」

「喔，這可真是令人吃驚。」戈伯特顯然沒想到這個答案，他思考了片刻，居然認真地提問，「尊敬的神明，您能為我解答嗎？我將這個箱子命名為赫菲斯托斯之箱，是因為在人類的傳聞中，這是工匠之神的名字。請問真正的工匠之神，確實叫這個名字嗎？如果不是，我或許要幫我的箱子改個名了。」

安妮露出微笑，「戈伯特，別為難我們尊敬的命運神了，他在神之間名聲不太好，也許人家都不願意告訴祂真名。」

「喔！」戈伯特露出了遺憾的神情。

命運神忍無可忍地伸出手，再次把戈伯特捏成一地碎骨，然後不出意外地又被箱子悉數吸了回去。

經過最初的震驚，安妮已經冷靜下來，她發現戈伯特醒來之後，翡翠城的震動卻依然沒有消失。

就像是……整座城池都在移動。

安妮轉頭看向搖搖欲墜的翡翠城，好奇地看向戈伯特，「這是你做的嗎？戈伯特。」

戈伯特微微搖頭，「不，安妮，我現在唯一能做的就是盡骨頭的本分，以及為大家帶路去翡翠城。當初我聯合精靈族失敗後，擔心後來者找不到翡翠城，所以才把箱子埋在這裡當作標幟的。」

精靈王神色微變，他似乎想起了什麼，「你是當初那個亡靈法師。」

「沒錯，是我，真高興您還能記得我。」戈伯特禮貌地行禮。

安妮的表情有些古怪，在幾乎像是世界崩裂的動靜下，在神明的虎視眈眈下，他們居然還有閒心正經八百地寒暄。

安妮看向命運神，祂似乎露出了饒有興味的神情，「原來如此，是空間魔法。」

安妮神色一動，似乎從祂這句話裡抓到了什麼，空間魔法，以及戈伯特忽然的現身，他提起里安娜。

難道是里安娜來了？她利用戈伯特的骸骨作為錨點找到了翡翠城，然後運用大型的空間魔法把翡翠城拖回了菲特大陸？

安妮眼睛亮了起來，一旦回到菲特大陸，至少她多了很多可以對敵的手段，或許能支撐到這個世界變完整，或是生命女神到來的時候。

但她又忍不住擔憂起來，命運神說過，翡翠城的防禦魔法是自然之神留下最珍貴的饋贈，里安娜以凡人之力，要拉動神隱藏起來的城池，她會付出什麼代價？

安妮沉默半晌，她轉頭看向精靈王，「精靈王閣下，請您收起防禦陣法吧。」

自從命運神現身之後，精靈族就沒有再出手過，他們守護在世界之樹周圍，沒有插手外面的戰鬥。

這樣一想，精靈王的態度就很值得玩味了，他似乎也沒有完全相信命運神，也許能夠說服他。

精靈王沒有立刻回答，他抬起頭在命運神和安妮之間猶豫了一下，最後只是開口：「精靈族從不干涉外部的紛爭，這次，我們也只是想守護世界之樹而已。」

命運神注視著翡翠城之外，翡翠城之外是群星璀璨的夜空，而此刻群星倒退而去，他們不知道要去到哪裡。

精靈王沒有解除魔法陣，但也沒有強化，他就靜靜站在那裡，似乎想要觀測命運最後會去到哪裡。

所有人短暫沉默下來，星空倒退間，翡翠城邊緣似乎有光芒一閃，一瞬間，他們回到了精靈之森。

安妮第一眼看見站在翡翠城之前的里安娜，她站在一個巨大的魔法陣裡，腳下攤開無數的魔法卷軸，讓她看起來幾乎像是站在一朵紙做的玫瑰裡。她手腕不斷滴落殷紅的血液，落在腳下的魔法卷軸裡，像是從花心開始染紅的紙玫瑰。

這個本來就皺皺巴巴的老太太，現在看起來更像是一塊乾枯的樹樁了，她費力地抬起頭，渾濁的眼睛裡映出安妮的身影。她總算鬆了口氣，露出安妮小時候做惡夢驚醒，只要看見就能安心的笑容，「這次我總算是趕上了。」

「里安娜！」安妮下意識想趕到她身邊，戈伯特卻沉默地拉住她。

看到里安娜狀態的那一瞬間，他似乎就明白了，事情已經發展到了這種地步，他低聲說：「安妮，妳現在有必須要做的事情吧。」

里安娜露出微笑，「別害怕，安妮，奶奶在這裡。」

安妮遠遠地看著她，用力擦了擦眼淚，她低聲說：「奶奶，不要死。」

里安娜低低地笑了，她慢慢坐到地上，抬起頭溫柔地笑道：「別擔心，安妮，妳忘了嗎？他們都叫我老不死的呢。」

然而下一瞬間，一把劍出現在了她的脖頸處，身著盔甲的奧米洛帶著身後命運神殿的騎士趕來了這裡，他抬頭看向命運神，露出慣常豪爽的笑容，「冕下，要殺了她嗎？」

里維斯做出了攻擊的姿態，他眉頭緊皺怒喝：「奧米洛！」

命運神似乎覺得很有意思，祂微微搖了搖頭，「以凡人之力抵抗神明遺留下的陣法，你們還真是毫無對神明應有的敬畏。」

奧米洛收回劍，他笑著抓了抓頭，「這可真是太巧了，我還以為錯過夜晚，沒辦法再回到翡翠城了呢。」

命運神盯著他，看起來並不是很高興，「奧米洛，我並沒有讓你離開翡翠城，」

奧米洛像是根本沒有察覺到祂的不快，他聳了聳肩，一臉無所謂地走向翡翠城，「冕下，我去尋找叛徒弗雷的蹤跡了，雖然抓捕失敗我還受了點傷，不過也是我技不如人，哈哈！」

命運神高高在上道：「不必在意，靜待世界重啟，一切生物都會逝去，無論是背叛者，還是瀆神者。」

精靈們面面相覷，似乎有些不安，精靈王目光閃動，不知道在想些什麼。

安妮的表情略微有些奇怪，她隱蔽地和里維斯對視一眼，沒有貿然出聲。

奧米洛也注意到了安妮，他扯出別有深意的笑容，「哈，妳居然真的來送死了，女巫。」

安妮瞇了瞇眼，她裝作之前並沒有和奧米洛見過面的樣子仰起頭，「離里安娜遠點。」

「妳該慶幸我不喜歡拿別人做人質，不然就憑妳現在的態度，我也會從她身上割一塊肉下來。」奧米洛哈哈大笑，命運神殿的騎士們跟在他身後，他輕蔑地笑了一聲，「妳現在已經自身難保了，難道妳還能抓住神明嗎？」

這聽起來就是一句普通的挑釁，但安妮眉頭皺了皺，她似乎聽出來一點言下之意，他好像在暗示什麼？

為什麼特地用了「抓住」這個詞？

安妮瞇起眼，她能感覺到人群中有一個人很熟悉，幾乎就能確定那是弗雷，反叛的騎士還是來了。

命運神似乎已經失去了耐心，祂抬起了手，「我已經看厭了人類的徒然掙扎，所謂的變數，竟然只是這種東西。

「愚蠢的凡人，如果人類豁出性命就能將神拉下神座，神明又有什麼了不起的呢？」

安妮沒有回答，漆黑的冥界之門再次出現，只是這次它不再是空蕩蕩的，門後毫無理智的怪物們並不在意對面的是神明還是魔鬼，牠們興奮地嘶吼著，似乎聞到了大戰一觸即發的硝煙味。

安妮猛地抬起頭，模樣妖異恐怖的女妖從她身後的虛空鑽出，發出淒厲的吼叫，神明只是一聲冷哼，她就像被扼住了喉嚨一般發不出聲響。

然而女妖尖利的指尖還是伸向神明，似乎想從祂身上撕下一塊肉來。

虛空中逐漸浮現更多的怪物，虎視眈眈地圍繞著命運神。

安妮身上再次浮現篆刻的黑色符文，這些詛咒一般的符文爬上她的臉頰，將她幾乎和空氣中的暗元素同化。

戈伯特神色複雜地看著安妮，當初篆刻咒文的法陣是由他主持的，那些咒文都是他親自轉移到安妮身上的。

他不由得想起安妮還是孩子的時候，他動了動自己僅剩的下巴骨，「安妮，妳要小心。」

安妮回頭看了他一眼，儘管她的模樣看起來和平時大不相同，但那雙亮著光的黑眼睛還是一樣溫柔，她微微點頭，「站在我身後，我會保護你的，戈伯特。」

她微微抬手，無數怨靈嘶吼著，前赴後繼地撲向命運神，命運神抬手召回了那面鏡子，在鏡子光芒的照耀下，這些怨靈如同冰雪消融一般消散。但不死生物不知恐懼，它們身後還有前赴後繼的骷髏。

不會飛行的骷髏和殭屍們一隻隻踩著同伴的肩膀和頭顱，以自己僅剩的骨頭搭成向上的骨梯，向上伸出了手。

命運神甚至沒有低頭，無數不死生物搭成的骨山轟然崩碎，戈伯特眸光閃動，他猛地往前一步，打開了手中的箱子。

箱子爆發出了前所未有的吸引力，將所有碎落的白骨都吸收了進去，本來就破破爛爛的箱子邊緣，發出了即將崩碎的「喀喀」聲。

戈伯特溫柔地看向安妮，「傻孩子，該由我們來保護妳的。」

安妮微微一愣，看著他毫不猶豫地走向箱子。

「安妮，這世上能讓我坦然赴死的只有真理和家人，沒想到即使死後，我也能為所愛而戰，實在萬分榮幸。」

他只剩下一身白骨，因此所有人都能看見他挺直的脊骨，在安妮淚眼朦朧的眼睛裡，他的背影逐漸和平時西裝革履的模樣重合在一起。

他一直是一位了不起的學者，也是一位溫柔的長輩。

所有的白骨都被吸入赫菲斯托斯之箱，安妮看著那個承載著她童年夢想的小箱子，終於不堪重負地轟然崩碎，緊接著一聲響徹天地的怒吼響起，一隻看不出究竟是什麼生物的，骨節橫生的骨手從虛空中伸了出來，一把捏住命運神。

命運神冷哼一聲，骨節崩碎，然而就在一瞬間，它們又再次復原了。

命運神眉頭一皺，似乎想要離開這片區域，安妮咬牙移動冥界之門，那扇大門落在命運神面前，吱呀一聲開啟了塵封的門扉。

來自冥界的吸引力讓腹背受敵的命運神難以抽身，里維斯閃身衝向命運神的鏡子，他根本不管眼前出現了什麼樣的幻象，一拳一拳轟在結實的鏡面上。

這面鏡子似乎同樣與神有關，里維斯的攻擊並不能將鏡面打破，但即便如此，他居然也限制住了鏡子，讓命運神不能隨心所欲地召喚它。

這位高高在上的神明，居然真的被幾個人類捏在手心裡，精靈王神色震動地看著眼前的一切，似乎沒有想到他們居然真的能做到。

奧米洛身後的命運神殿騎士中，有一個仰起頭看著眼前的一切，他似乎終於下定了決心，一把掀開自己的頭部盔甲，快步朝著命運神衝過去。

「菲爾特！醒醒，該是你赴死的時候了！」

弗雷爆發出這輩子最驚人的速度，他手握長劍，無視身邊的一切，毫不猶豫地朝著命運神斬去。

——這一劍幾乎是他這一生的巔峰。

然而命運神抬起頭，即使祂的處境看起來不太妙，暫時被困於戈伯特化身的巨大骷髏手中，祂的眼中也沒有絲毫驚慌，祂憐憫地注視著弗雷，「反叛的騎士向神明揮劍之時……

「這是我早已看見的命運，弗雷，你以為我對此毫無察覺嗎？」

然而下一瞬間，奧米洛眼中閃過光芒，他往前跑了幾步，沒有試圖追上弗雷，而是重重掄起自己的重劍，猛地投擲出去。

攜風而來的重劍直接貫穿弗雷的身體，巨大的力量連帶著弗雷往前，將他和命運神一起釘在同一支劍刃上。

命運神睜大瞳孔。祂似乎根本沒有想到區區凡人，居然真的可以傷到祂，甚至短暫地失神幾秒。

弗雷口中不斷溢出鮮血，但他還是忍不住笑了起來。

他是一位有點老派的傢伙，雖然沒有總是掛在嘴邊，但也默默遵守著騎士精神，他很少勾心鬥角、使用陰謀詭計。沒想到第一次使用，居然就真的騙到了神明。

他忍不住哈哈大笑，「尊敬的神明，您應該相當了解我，明知必死也無謀地衝向敵人……這確實是我會做的事情。但我們是您的騎士，我們也是這世界上最了解你的凡人。

「我當然知道您會察覺我的計畫，我甚至知道一旦有人對您抱有殺意，在您眼裡他的命運就與您有所交疊，您就可以藉此窺見短暫的未來。」

他伸手死死扣住命運神的肩膀，不讓祂脫身，眼中彷彿醞釀著一團火焰，「所以這次，我知道這一劍注定會落空。

「但奧米洛……他既不想殺死菲爾特，也並沒有想殺死您，他只是想殺死我，只是一不小心誤傷了您。尊敬的神明大人，這就是我的計畫！」

安妮神色震動，她呆呆地看著和命運神一起被釘在世界之樹上的弗雷，似乎想不透之前還說著想要努力活下去的人，為什麼會這樣選擇死亡的結局。

也忽然明白了，為什麼弗雷身上會有揮之不去的死亡陰影。

她下意識往前一步，想要去幫忙，里維斯握住劍，「安妮，妳知道自己該去哪裡。」

安妮轉頭看向世界之樹的樹幹，她咬牙轉身朝著那裡飛奔而去。

精靈族們面面相覷，在這場悲壯的戰鬥裡他們充當了觀眾的角色，然而許多事他們都一知半解，甚至不太明白，這些人為什麼而戰，為什麼而死。

他們看著沉默的王，最終還是沒有出手阻止安妮的前進。

命運神終於動怒了，祂金色的髮絲無風自動，似乎正醞釀著可怕的反擊，「愚蠢的凡人，你覺得這樣足夠殺死我嗎？」

「當然不夠，凡人想要殺死神明……」弗雷忍不住無奈地笑了一聲，更多的血液從他的傷口處落了下來，他的嘴裡溢出更多的血液，生命力在快速地流失，但他仍不願放手，「但我想也許能夠攔住您片刻。

「尊敬的神明，即使是虛無縹緲的希望，我們也會全力以赴抓住它。」

命運神瞇起眼，祂握住那把劍，一點點地將它從自己身體裡抽出來。弗雷試圖阻止祂，但看起來收效甚微。

直到將那把劍抽出命運神的身體，祂微微抬眼，眸色幽深，巨大的法陣出現在祂腳下。弗雷不是第一次見這個法陣了，這是置換命運的法陣。

站在不遠處的奧米洛忽然發出一聲慘叫，他的胸口赫然出現一道和命運神一模一樣的傷口，而命運神身上的傷口早就已經消失了。

弗雷眼中閃過一絲愧疚，但他努力昂起頭，似乎是逞強般做出最後的挑釁，「您不想殺了我嗎？命運神冕下。」

「我會給予你這份殊榮。」命運神握住他身後的劍柄。

祂正要發力，里維斯趕到了祂身後，他大聲呼喊著：「菲爾特，你在做什麼！清醒過來！」

安妮召喚的怨魂鍥而不捨地在祂耳邊悲鳴，只有一個瞬間，弗雷看見祂的神情似乎有了變化，命運神握住劍柄的手變了方向，再次將那把劍狠狠送進自己的身體裡。

「哈哈哈！」弗雷終於笑了，「沒想到居然能夠完成這個計畫，尊敬的神明冕下，這是第三次了。」

「弗雷．班傑明、菲爾特．萊恩、里維斯．萊恩，你們這些蠢貨！」命運神的面容扭曲，祂終於無法再維持從容的模樣，祂抬手，要將弗雷和周圍礙事的一切全部撕成碎片！

里維斯趕到他們身前，一劍斬斷那柄兩次捅進神身體裡的長劍，把弗雷救了下來。

儘管他看起來實在是很難活下去，里維斯依然把他安放在世界之樹下，他轉過身，握緊銘刻著金獅帝國紋章的長劍，抬頭看著命運神。

祂的表情看起來有一絲扭曲，不知道是因為受了傷，還是因為剛剛菲爾特的思想占據了一瞬間的優勢，祂再次抬起手，看樣子是打算置換誰的命運。

里維斯猛地一步邁上，他眼中悲愴而又堅定，「菲爾特，我來殺死你了。」他猛地劈出一劍，他並不能傷害到命運神，他只是憑藉自己不知疼痛的不死族肉身，要阻止命運神置換他人的命運。

命運神的身體有一瞬間的僵硬，祂察覺到自己身體裡的那個靈魂蠢蠢欲動，而這邊這群蟲子礙事的過程中，安妮已經來到了世界之心的門口前面。

里維斯高舉著手裡的長劍，「即使看見了命運的瞬間，祢應該也沒有想到吧，命運，反叛的騎士不是弗雷或是菲爾特中的某一個，是每一個！」

命運神眼中閃過一絲惱怒，神降的容器哪怕受到致命傷，也並不會影響到祂本身，但是被人質疑命運的預言，卻讓祂十分惱火。

「你會因為瀆神付出代價，愚蠢的亡靈！」祂奮力推開圍繞著祂的亡靈和不死族，轉身追到了安妮身前。

那面鏡子被祂召喚而來，安妮不得已避開，與世界之心的門口失之交臂。

命運神站在世界之心門口，表情冷冽，「夠了，我已經看夠這齣鬧劇了，該收場了。其他人其實都無關緊要，安妮，所有人翻盤的希望只有妳，因為生命對妳許諾了要讓妳成為神，對吧？

「只要妳死在這裡，他們也只有絕望了。」

祂終於不再高高在上，裝出一副並沒有把安妮放在眼裡的樣子，祂看起來是要認真出手了。

但這對他們來說，並不是一個好消息。

里安娜強撐著身體站起來，「安妮，快跑！」

安妮調轉方向，朝著其他地方奔逃，命運神根本不再管來自其他人的攻擊，祂開始全力獵殺安妮。

等到祂全力以赴，安妮才明白，之前祂確實只是在鬧著玩，冥界之門被祂一掌拍開，發出沉重的轟鳴，隨後就被祂的鏡子封鎖，再也無法隨意動用。

祂的下一擊來得更快，安妮迫不得已只能用白骨做繭將自己包裹起來，然而這看起來堅硬的盔甲在命運神眼前似乎根本不堪一擊。

盔甲被一擊粉碎，安妮落在地上，忍不住咳出一口鮮血。

命運神落在她眼前，安妮笑道：「怎麼了，命運神冕下，這次祢不打算講點大道理幫我們拖延點時間了嗎？反正世界會毀滅是祢看見的命運，不是嗎？」

命運神冷哼一聲，並不打算廢話地抬起手，但祂忽然神色一動，回頭看見一個精靈闖進了世界之心。

世界之心的所在地並不是什麼人都能進去的，安妮之前就被拒之門外了，除了精靈族以外，其他人進入都得運用神力，這也是命運神放鬆的原因，但這個時候，祂卻陡然有一股危機感。

祂猛地轉身朝毫無還手之力的安妮拍出一掌，然而安妮已經帶著笑消失在原地。

她幾乎是翻滾著落進世界之心，隨後「哇」的一聲吐出一大口鮮血，她剛剛是在強撐，命運神的一擊幾乎已經要了她的命。

「喂，妳沒事吧？」闖進世界之心的精靈阿爾巴那緊張地扶起她，多虧了他灑落在這裡的骨節，安妮才能以此為標幟傳送過來。

這是他們以防萬一的計畫，沒想到真的成功了。

安妮幾乎抑制不住眼淚，她帶著哭腔大喊起來：「喂，生命女神，再不出現我們真的要全死光啦！」

他們祈求已久的溫暖光芒終於亮了起來，毫無感情的女聲響起：「**妳來了，安妮——我等候已久的死神冕下**。」

安妮看見一團圍繞著黑色死氣的光芒朝自己撲來，似乎要把自己籠罩在內，她沒有抗拒，閉上了眼接受這一切。

黑色的光芒散逸成光點圍繞在她身邊，銘刻在她身上的那些黑色符文再次顯現，而後像是被擦去一般在她身上隱去。

安妮能感受到，它們並沒有消失，而是沉澱進自己身體的更深處。

——她感覺到自己擁有了另一顆心臟。

不，或許現在應該用祂。

——《亡靈女巫逃亡指南03》完

Getaway Guide for Necromancer

SIDE STORY

【安妮的童年】

安妮很小就知道，自己是撿來的孩子。

——在黑塔中負責照顧她的幾位法師們並沒有為她編織一個謊話，他們在這方面相當誠實。

不過安妮身邊也沒有任何同齡人，因此倒也沒有纏著大人鬧著要爸爸媽媽的情況出現。或者說在她年紀還小、還沒有接受戈伯特的通識課程教學的時候，她一度覺得家裡面有一個奶奶，一個姐姐，兩個叔叔才是合理的。

對此，梅斯特先生率先表示了抗議，「為什麼我是叔叔，媞絲是姐姐？我跟她明明是同齡人！我也要當哥哥！」

媞絲轉著手裡的菸管，她笑道：「也對嘛，畢竟從個子來看，梅斯特也只不過是個小孩子而已。」

「小孩子、小孩子！」安妮湊熱鬧似地拍著手。

這下子惹怒了梅斯特，他齜牙咧嘴地湊過來，伸手捏安妮的臉頰，威脅道：「好啊，小傢伙，居然敢看我的笑話，今天可不能帶妳去森林裡玩了！」

安妮絲毫不懼他的威脅，她雙手扠腰仰起頭，「那我找戈伯特叔叔！」

「他沒空，他要做研究！」梅斯特一口否決了她的提議，接著循循善誘，「妳現在改口還來得及，還是求求英俊的梅斯特哥哥吧？想不想去抓魚？想不想去摘花？」

然而上天似乎故意和他作對，這時候戈伯特的研究正好告一段落，他走出了自己的房間，安妮立刻跑到他身邊，拉住他的衣襬，仰起頭眼巴巴地問：「戈伯特，研究結束了嗎？今天能陪我出去玩嗎？」

戈伯特忍不住露出微笑，他摸了摸安妮的腦袋，「當然可以了，陪我們小安妮總是有時間的，而且每次和妳出去走一走，我都能找到新的思路。」

安妮驕傲地抬起頭，得意地看向梅斯特。

梅斯特顯得有些挫敗，他鬱悶地摸了摸鼻子，「戈伯特你今天怎麼這麼早就出來了……」

「看來我來的不是時候？」戈伯特笑道，「但我可不能坐視我們小安妮被威脅。」

「看來你是全部聽見了。」梅斯特氣呼呼地轉過頭，惡聲惡氣地說，「你就寵著她吧！」

里安娜也從屋內走出來，她拎著一個有些過於嬌小的小籃子，笑呵呵地遞給安妮，「安妮，別忘了籃子。」

安妮立刻伸出手接過那個明顯是量身定做的小籃子，用力點點頭，「我會帶花回來給里安娜奶奶的，還有能吃的果果和野菜！」

里安娜溫和地笑道：「真可靠，那就拜託妳啦，安妮，要把小籃子裝得滿滿的回來喔。」

安妮一手牽著戈伯特，一手拎著小籃子，出門前費力地把兩隻手同時舉起來跟大家再見，那副認真打招呼的模樣，總讓人忍不住露出笑容。

這樣看起來，黑塔裡的法師們似乎對這個小丫頭寵愛過頭了。

然而其實一開始，他們並沒有如此親密。他們當初把安妮留下……是有某些更為殘忍的緣由的。

一開始發現這個孩子，是里安娜的同情心作祟。

為了防止被追殺而聚集到一起的亡靈法師們，路過一座被戰亂波及而毀滅的村莊的時候，里安娜從一個被蓋起來的水缸裡，找到了這名睡得十分香甜的小丫頭。

——這大概是這個村子裡唯一的活口了。

他們當時的處境並不怎麼好，亡靈法師們即使團結起來，也還是難以逃過被聖光會、命運神殿追殺的處境，實在沒有餘裕照顧這樣的一個孩子。

但他們之中，很快有人想到了他們曾經提出的，關於「人造神明」的計畫——他們的天賦都有限，窮盡一生也不知道能不能到達亡靈法師的頂端，但如果他們從小培養一個天賦絕倫的亡靈法師，讓她成為神明，這樣有真神庇佑的亡靈法師才能和背靠真神的聖光會、命運神殿相抗衡！

「人造神明」計畫的最初提出者就是戈伯特，他對亡靈魔法和鍊金術的結合很感興趣，他提出了用鍊金陣將人體幾乎和暗元素同化，就能造就一個和暗元素幾乎沒有隔閡的、最強的亡靈法師的觀點。

但他一開始只是提出假設而已，他從來沒想過真的要對一個孩子做這樣殘忍的事，戈伯特並不願意進行試驗。

走投無路的亡靈法師們爆發了激烈的爭吵，激進派表示，在這個時代這個孩子如果沒有遇到他們，也遲早會死去，就算運氣極好勉強活了下去，也只會成為千萬個失去父母的貧民窟小孩之一。

這是上天賜給他們的希望，也是上天賜給他們的神明。

而避世派並不想爭鬥，他們打算就此隱居，躲避聖光會的追捕，不打算復仇，更不打算牽扯上這個無辜的孩子。

活到現在的亡靈法師們，大部分都經歷了多次的追殺，也親眼見過了同伴的下場，在他們之中，沒有復仇想法的或許才是人數稀少的異類。這次爭論的最後，還是激進派占了上風，他們打算按照設想，將鍊金陣與暗元素聚合陣結合，銘刻在那個襁褓中的孩子身上。

避世派的戈伯特沉默了許久，最後還是提議讓他親自進行這個實驗。

「這個設想原本就是亡靈魔法和鍊金術的結合，先不論亡靈魔法，鍊金術在場沒有人比我更了解。既然你們執意要將這樣的一個孩子也牽扯進復仇裡，那至少讓我來操作，至少我能盡力保證她活下來。」

他沉默地看著那個嬰兒，她在一群人的包圍下，睜著一雙烏黑的大眼睛，似乎還不明白接下來會發生什麼事。

實驗很成功，至少這個孩子活了下來，從水晶球裡看起來，她身上也聚集了精純到難以想像的暗元素能量。

但平常的時候，那些銘刻的咒文就像消融在了她的皮膚裡，這也是戈伯特沒有料到的變化，一開始他還以為，這些咒文會就這樣一輩子留在這個小丫頭的身上了。

之後亡靈法師們分為兩部分，激進派在菲特大陸尋找傳說中的「創世神遺物」，而避世派帶著這個孩子隱居，教導她成為一個天賦絕倫的亡靈法師。

戈伯特作為實驗的操作人，他理所應當地留下來觀測這個孩子的變化，里安娜作為原本的醫師也留了下來，照顧這個孩子的身體。

媞絲是戈伯特的學生，她本身對孩子倒是沒有太大的感情，她只是打算跟著自己的老師。

而梅斯特，他或許是想到了當初撿到自己的老梅斯特，也或許是厭倦了逃亡的生活，他也選擇留下來。

四位亡靈法師在某座不知名森林的深處，建造一座法師塔，帶著這個未來不知會走向何方的孩子，一起生活在了這裡。

從安妮有意識起，里安娜就是個溫柔的奶奶，她會縫好看的衣服，會給她糖果，會拍著她的後背哄她睡覺。

但她拍著自己後背的時候，安妮總覺得她好像透過自己在看另外一個孩子。

安妮抱著她，忍不住問：「里安娜，有想見的人嗎？」

里安娜愣了一下，她露出了微笑，「是啊，有很想見的人，只是我都不知道他們是不是還活著。」

安妮皺著眉頭看了她片刻，忽然伸手抱住她，就像她平常哄自己睡覺一樣溫柔地拍她的後背，「那今晚夢裡見吧！里安娜，好孩子，做個好夢……」

里安娜溫柔地回抱她，忍不住笑了，「哎呀、哎呀，我今晚一定會做個好夢的，謝謝我們小安妮啦。」

她們正親親密密地貼在一起抱抱，正巧梅斯特從門外回來，他看著眼前的場景笑道：「你們兩個怎麼了？」

安妮回頭看見他，眼睛一亮，立刻對著他拍了拍手，「梅斯特、梅斯特，變個戲法給我看呀！」

梅斯特無奈地笑了，「真是的，讓帽子自己動起來，還有鬼火的魔法，明明妳變得比我還熟練吧？」

然而他這麼說著，還是一邊接近安妮，一邊動作優雅地摘下帽子，「砰」的一聲，他的帽子裡出現了一隻死去的野兔子。

「哇！」安妮毫不吝嗇自己的掌聲，一邊鼓掌一邊露出大大的笑容，「梅斯特好厲害！」

梅斯特有些得意，出去替老師收集鍊金材料的媞絲看了一眼他的帽子，有些嫌棄地搖了搖頭，「真是的，梅斯特，變給小孩子看的戲法是不是應該再溫柔一點？別給她看死兔子啊！」

梅斯特有些無辜，「可是我出去打獵正好打到了一隻野兔子，我又沒有抓到活的。」

「啊，今晚吃兔子肉嗎？」安妮眼睛亮亮地問。

梅斯特也跟著笑了，「妳瞧，她也根本不在意嘛。」

媞絲目光複雜地看了安妮片刻，最後搖了搖頭，也沒有再多說什麼。她舉了舉手裡的材料，「我去送材料給老師，等等再過來拿食物。」

里安娜有些不贊同，「戈伯特也總不能一直待在房間裡，他偶爾也得出來一趟。」

媞絲目光有些複雜地看向安妮，她隨後應了一句：「或許實驗告一段落，他會出來的。」

媞絲離開之後，里安娜開始準備今天的食物。

他們隱居在這裡，但也並非完全與世隔絕。平常食用的肉類，梅斯特每次打獵都能帶回來足夠的食物，因此並不缺乏，比較稀少的，反倒是蔬菜。

儘管梅斯特找來了種子，也在黑塔邊緣開墾了種植的土地，但或許是因為在森林裡，總是有野獸和鳥類前來偷吃，每到收成的時候，也總留不下多少。

為此，偶爾他們也會去人類的小鎮上採購，當然，頻率並不高，也都十分小心。

即使材料有限，里安娜也做出了一道豐盛的晚餐，安妮從她端出食物開始就十分捧場地開始鼓掌了。

梅斯特一邊笑她是個小馬屁精，一邊也忍不住讚嘆：「里安娜的手藝真的是不錯！」

里安娜臉上帶著笑意，「就算你再怎麼誇讚我，兔腿也是留給安妮的。」「好吧，我是一個成年人，我不會跟小朋友搶吃的。」梅斯特聳了聳肩表示理解。

里安娜一邊擺上餐具，一邊嘮嘮叨叨地開口：「蔬菜還是不夠用，小孩子應該多吃點蔬菜的，唉……」

梅斯特也有些為難地抓了抓腦袋，「但我們每次出去採購也不能買太多，蔬菜根本儲藏不了多久，出去太頻繁的話也會有危險。」

安妮抬起頭，認真地點點頭，「外面危險，梅斯特要小心！」

梅斯特忍不住笑了，他們因為害怕安妮迷失在森林裡，格外跟她強調了塔外有多危險，一個人的時候絕對不可以出去，安妮似乎記得很牢，但梅斯特就是忍不住想要逗弄她，他搖頭晃腦地問：「那麼，如果外面有那──麼可怕的魔獸，把梅斯特抓走了，安妮怎麼辦呢？」

安妮信誓旦旦地拍著胸脯，「安妮會去救你的！」

「真是的。」里安娜動手打了一下梅斯特的腦袋，然後轉頭露出微笑，「那如果是里安娜被抓走了呢？」

安妮刷地站起來，「那安妮馬上去救，跑著去！」

「喂，為什麼聽起來比我更著急一點啊！」梅斯特憤憤不平地咬了一口麵包。

里安娜忍不住哈哈大笑，她摸了摸安妮的腦袋。

正巧這時候媞絲從門外進來，她忍不住露出笑容，「你們這裡可真熱鬧，里安娜，我和戈伯特的那份也好了嗎？」

梅斯特一邊戳著安妮的臉頰一邊發出邀請，「覺得熱鬧你們也可以過來一塊吃嘛。」

媞絲無奈地笑了笑，她聳聳肩說：「我總不能把老師一個人丟在那裡。」

「哎。」里安娜目送她離開，忍不住嘆了口氣，「戈伯特他，應該還是過不去心裡那道坎吧。」

梅斯特看了看安妮，伸手摸了摸她的腦袋，「誰也過不去，所以我們才會在這裡。」

安妮懵懵懂懂地看著他們，乖乖往自己嘴裡送濃湯。

她忽然覺得鼻子下面有點溼溼的，好像有什麼液體流了下來，她伸出手碰了碰，懷疑自己是不是把濃湯喝到了鼻子上。

然而她只看見手上一片殷紅的血色。

「安妮！」梅斯特驚呼出聲。

安妮乖乖仰起頭，「我沒事，里安娜教過，流鼻血的時候把腦袋抬起來。」

然後她視線裡最後只有一片模糊的天花板，隨後很快失去了意識。

梅斯特立刻扶住她，沒有讓她摔到地板上，里安娜沉著地靠近摸了摸她的額頭，檢查完她的身體後皺起了眉頭，「梅斯特，去找戈伯特過來。」

梅斯特立刻站起來，里安娜抱著安妮，讓她平躺著放置在床上，替她擦乾淨了臉上的血跡。

她的身體問題並不大，這也只是突發的眩暈，從醫學的角度來說，她相當健康。

但里安娜很清楚，這或許是她的身體經過法陣改造的後遺症，這不是她一個人能解決的問題，她得找戈伯特一起處理。

「唉。」里安娜一邊拿出自己的藥箱，一邊忍不住嘆了口氣，她悲傷地看著緊閉雙眼的安妮，一雙眼睛裡滿是心疼。

戈伯特立刻就趕了過來，里安娜看見他的鬍子上還沾著食物的殘渣，但現在誰都沒有閒心提醒他這一點。

戈伯特飛快檢查安妮的身體，他皺緊了眉頭，問里安娜：「這是第一次出現這樣的狀況嗎？」

「當然。」里安娜點點頭，「她之前一直很健康。」

戈伯特鬆了口氣，「那應該還不嚴重。」

「你知道是怎麼回事了？」梅斯特有些著急地詢問。

「冷靜點梅斯特，別大驚小怪的。」媞絲伸手按住了他，然而她也同樣眉頭緊鎖，看起來並不輕鬆。

戈伯特點了點頭，「她體內的暗元素積累過多了，看來是時候讓她開始正式學習亡靈魔法了。」

之前為了確認安妮的天賦，他們教過安妮幾個簡單的暗系魔法，但他們還是覺得安妮的年紀太小了，正式學魔法可以等到再大一點，沒想到這麼快就……

場中的幾個人同時沉默下來。

梅斯特苦笑一聲，「也只能這樣了，但願她會覺得魔法有趣吧。之前我已經教了她一點變戲法的小法術，她好像還覺得挺有意思的。」

戈伯特微微嘆了口氣，他看向里安娜，「妳把她照顧得很好，她是一個健康的孩子，別擔心，學習亡靈魔法以後，每天只要做足夠的訓練，暗元素就會流動起來，不會積壓在她的身體裡，讓她承受不住後昏厥的。

「等到她再長大一點，會發生這種事的情況就更少了。那時候我們也許反而要擔心，如果她透支魔力，昏厥時會像個不死族。」

里安娜溫柔地摸摸安妮的腦袋，「沒什麼大事就好，不過保險起見，還是讓她喝點藥吧，梅斯特，麻煩你幫我找一些藥草回來。」

「沒問題，交給我吧。」梅斯特走近確認所需草藥的模樣。

戈伯特也站了起來，「我去安排一張時間表給她，正式開始學習魔法的話，通識課程也需要開始準備了。」

「戈伯特。」里安娜突然喊了他一聲，「偶爾你也該過來一起吃飯。」

戈伯特沉默了片刻，他露出無奈的笑容，「里安娜，她是個很可愛的孩子，但我不敢跟她親近。我總是想到如果以後她知道真相，知道是我讓她變成了……她會恨我的。」

「關於這點，我們站在同樣的立場上。」里安娜的眼神並不退讓，「我們虧欠她，因此更該溫柔對待她，如果她將來怨恨我們，那也是沒有辦法的事。」

戈伯特閉口不言，他長長嘆了口氣，轉身走向自己的房間，「……讓我再想想吧，里安娜。」

安妮醒來的時候，房間裡只有媞絲一個人。

安妮眨了眨眼睛，媞絲站到她的床邊，低聲問：「難受嗎？」

安妮乖乖搖了搖頭，媞絲遞了一杯水給她，在她開口詢問之前就告訴她：「里安娜在為妳準備藥，梅斯特閒不下來，又擔心妳喝完藥會嫌苦，所以去幫妳找甜甜的果子了，戈伯特在為妳準備之後上課的內容，所以現在只有我在這裡。」

安妮眨了眨眼，認真地點了點頭，隨後有些好奇地問：「上課？」

媞絲看了她一眼，「妳要學習亡靈魔法了。」

「啊，就是梅斯特用的那些嗎？我已經會一點啦！」安妮笑著說。

媞絲嘆了口氣，她撐著下巴看著這個只知道傻笑的小丫頭，低聲問：「我們要妳背負這些，妳會覺得痛苦嗎？」

安妮有些困惑，她遲疑著問：「妳是說，學習法術這些事嗎？」

媞絲搖搖頭，自嘲般笑道：「我跟妳說這些幹什麼，妳還什麼都不懂呢。

「不知道等到妳懂的那一天，妳會不會逃走。不過應該還早，要等妳再長大一點，至少等到能獨自走出這片森林才行。」

她的目光透過安妮，不知道落在了誰的身上，「那時候也許我不會阻攔妳。」

安妮有些不太明白媞絲在說什麼，她苦惱地皺起了臉，「可是我很喜歡大家，為什麼要逃跑啊？」

媞絲沒想到她會突然這麼說，一時愣在原地。

安妮撒嬌般往她那裡挪了挪，小狗般睜著閃閃發光的眼睛問：「媞絲喜歡我嗎？」

媞絲有些苦惱地嘆了口氣，「真是的，小孩子可真麻煩啊，怎麼這麼會撒嬌啊。」

安妮抱住她的手，問著：「喜歡我嗎？喜歡我嗎？」

「咳。」媞絲清了清喉嚨，低下頭看了她一眼，勉強承認，「……妳還算是個討人喜歡的小丫頭。」

第二天，媞絲按照往常去幫戈伯特送飯，安妮拎著小食盒跟在她的身邊，回頭對梅斯特、里安娜揮了揮手，「我去啦！」

里安娜露出溫和的笑意，「去吧。」

梅斯特憂鬱地看著安妮離開，「她不只自己離開，還把最好的那塊肉帶走了。」

里安娜臉上的笑意不減，「別擔心，即使在這裡吃也輪不到你。」

媞絲牽著安妮到了戈伯特門口，安妮伸手敲了敲門，「戈伯特，我們來送飯啦！」

戈伯特有些震驚地打開門，看了看媞絲，又看了看安妮。

媞絲無奈地聳了聳肩，「她非要來。」

安妮舉起自己的小食盒，「一起吃飯吧！我是里安娜派來的，她讓我盯著你好好吃飯喔！」

「這可真是……」戈伯特無奈地抓了抓腦袋。

媞絲靠著門笑了，「她還說，以後安妮一天跟我們吃，一天跟著她們吃。」

「倒也不用這麼麻煩。」戈伯特搔搔頭。

「那您的意思是？」媞絲忍不住露出笑意。

戈伯特無奈地露出微笑，「知道了，明天就跟大家一起吃飯吧。」

「嘿嘿。」安妮也跟著笑了起來。

——番外〈安妮的童年〉完

高寶書版集團
gobooks.com.tw

輕世代 FW379
亡靈女巫逃亡指南03

作　　者　魔法少女兔英俊
繪　　者　四三
編　　輯　林雨欣
校　　對　小玫
美術編輯　彭裕芳
排　　版　彭立瑋
企　　劃　李欣霓

發 行 人　朱凱蕾
出　　版　三日月書版股份有限公司
Printed in Taiwan
地　　址　臺北市內湖區洲子街88號3樓
網　　址　www.gobooks.com.tw
電　　話　(02) 27992788
電　　郵　readers@gobooks.com.tw（讀者服務部）
傳　　真　出版部　(02) 27990909　行銷部 (02) 27993088
郵政劃撥　50404557
戶　　名　三日月書版股份有限公司
發　　行　英屬維京群島商高寶國際有限公司台灣分公司
Global Group Holdings, Ltd.
初版日期　2022年 6 月

本著作物《亡靈女巫逃亡指南》，作者：魔法少女兔英俊，由北京晉江原創網絡科技有限公司授權出版

國家圖書館出版品預行編目(CIP)資料

亡靈女巫逃亡指南/魔法少女兔英俊著.-- 初版. -- 臺北市：三日月書版股份有限公司出版：英屬維京群島高寶國際有限公司臺灣分公司發行, 2022.06-
面；　公分. --

ISBN 978-986-0774-96-2(第3冊：平裝)

857.7　　111001097

三日月書版

GOBOOKS
& SITAK
GROUP©